Ilka Ondrusch

Diagnose
ewiger Pflegefall

Sachbuch
Erfahrungsbericht

Ilka Ondrusch

Diagnose ewiger Pflegefall

Sachbuch
Erfahrungsbericht

Bibliografische Information der Deutschen Bibliothek:
Die Deutsche Bibliothek verzeichnet diese Publikation in der
Deutschen Nationalbibliografie; detaillierte bibliografische
Daten sind im Internet unter *http://dnb.ddb.de* abrufbar.

Impressum
© 2018 Ilka Ondrusch
Satz und Layout:
      Keysselitz Deutschland GmbH, München
Umschlagabbildung:
      Ilka Ondrusch
Herstellung und Verlag:
      BoD - Books on Demand, Norderstedt
ISBN 978-3-7528-6568-4

Prolog

6. Dezember 1993

Das Telefon klingelte. Ich nahm den Hörer ab und meldete mich mit meinem Namen. Am anderen Ende hörte ich eine Frauenstimme: »Guten Tag. Hier spricht Dr. Höwel aus dem Ostklinikum. Es hat sich etwas Schwerwiegendes mit Ihrer Tochter ereignet.«

31. März 1991

Ich war im Nachbardorf und besuchte meine Arbeitskollegin Heike. Wir hatten uns in den vergangenen Monaten etwas intensiver angefreundet. Irgendwie stimmte die Chemie zwischen uns. Beide waren wir positiv denkende Menschen und beide waren wir unternehmungslustig. Wir verabredeten uns für denselben Abend. Wie in jener Zeit gar nicht so selten, sollte in ihrem Dorf auf dem ehemaligen Fabrikgelände eine Großraumdisco stattfinden.

»Weißt du was, Heike?«, sagte ich. »Heute werde ich mich verlieben. Ich spüre das. Heute, und genau heute, treffe ich den Richtigen.«

Ich war 25 Jahre alt, lebte in einer ländlichen Kleinstadt und war eine alleinerziehende Mutter. Mit 20 hatte ich ein Verhältnis mit einem deutlich älteren Mann. Was ich damals für Liebe hielt, war nicht mehr als eine Schwärmerei: Abenteuer und sehr viel Spannung. Das Resultat dieser Beziehung war die Geburt meiner Tochter Becky und das »Fast- Ende« meiner Jugend. Ich arbeitete ganztags, studierte im Fernstudium und war nun Mutter. Von da an war mein Leben nicht einfacher, aber zugegebenermaßen sinnvoller. Bis zur Mutterschaft fehlte mir eine herausfordernde Aufgabe und damit die Notwendigkeit, Verantwortung zu übernehmen. Von innerer Leere umgeben, hatte ich oftmals düstere bis destruktive Gedanken, und aus diesem Grund behaupte ich heute, meine Tochter hat mir damals das Leben gerettet. Sie gab mir durch ihre Existenz einen Lebenssinn, der mir irgendwann abhanden gekommen war.

Ungeachtet dessen ist die Tatsache, dass man alleinerziehend ist, nicht gerade bindungsfördernd. Was ich sagen will, ist: Die meisten Männer wollen irgendwann schon eine Familie, aber eben ihre eigene. Dazu kommt, dass man von diesem Zeitpunkt an nicht mehr nur einen Mann sucht, sondern jetzt auch einen Vater für sein Kind. Man wird wählerischer und auch definitiv vorsichtiger. Eine weitere Besonderheit bei alleinerziehenden Frauen auf Partnersuche ist die Angst, seinem Kind ständig wechselnde Väter zuzumuten.

Aus diesem Grund gestaltete ich das Thema Beziehung eher defensiv, sodass die folgenden Jahre nur einige kleine Affären und One-Night-Stands brachten. Bis zu diesem Discoabend war von der großen Liebe keine Spur.

Am Abend war ich nun auf dieser Disco, einer wirklich außergewöhnlich großen ihrer Art. Es sollte ein schöner Abend werden und ein ganz besonderer dazu. So war der Plan.

Ich hatte in den letzten Wochen häufiger mit Migräne zu tun, aber ausgerechnet an diesem Abend war es nicht auszuhalten. Da die meisten Gäste wie ich mit Bussen angereist waren, konnte ich mich nicht einfach davonmachen und mich auf den Weg nach Hause begeben. Ich musste das Problem anders lösen. Also bettelte ich mich durch die Räumlichkeiten, um irgendwo eine Kopfschmerztablette aufzutreiben. Ohne Erfolg. Am Ende blieb mir nichts anderes übrig, als eine der Bardamen anzusprechen.

Sie wollte mir wirklich helfen, hatte aber zu Recht ein paar Bedenken. Ich musste ihr hoch und heilig versprechen, dass ich keinen Alkohol getrunken hatte und auch an diesem Abend keinen trinken werde. Wenn man rasende Kopfschmerzen hat, ist so ein Versprechen schnell gegeben, schneller als man bis drei zählen kann. In diesem Moment hätte ich wirklich alles gemacht, um Linderung zu erfahren, wirklich alles, selbst meine Großmutter hätte ich sprichwörtlich verkauft. Ich leistete also meinen Eid und die Belohnung ließ nicht lange auf sich warten. Die Erleichterung lässt sich kaum mit Worten beschreiben, aber ich bin sicher, dass fast jeder die Situation bereits selbst schon erlebt hat und nachempfinden kann, wie schön es sich anfühlt, wenn eine Migräne langsam aber sicher verschwindet.

So schnell, wie ich mein Versprechen gegeben hatte, so schnell hatte ich es vergessen, als es mir wieder besser ging. Mit der leichten Mischung aus Alkohol und Medikamenten wurde es wirklich ein echt genialer Abend. Er wurde so schön, so wunderschön, dass ich die Abfahrt der Busse glattweg verpasste.

Nun hatte ich ein neues Problem. Ich musste unbedingt jemanden finden, der mich mitnehmen konnte. Zu Fuß wäre es etwas zu weit gewesen oder anders ausgedrückt, die Nacht wäre für einen Fußmarsch dieser Länge zu kurz geworden. Ich brauchte zum Glück nicht lange, um ein bekanntes Gesicht zu entdecken. Dieser Bekannte erklärte mir, dass auch er nur »mitgefahren« wäre und dass ich den Mann da drüben fragen solle. Er zeigte auf einen jungen Mann, nur zirka fünf Meter von mir entfernt, und da war er: der Mann, mit dem ich mein Leben verbringen wollte.

In dieser Nacht, unterdessen hatten wir den ersten April, brachte mich Thomas, das war sein Name, brav nach Hause, und es gab vor der Haustür noch einen harmlosen Abschiedskuss. Dann aber ging alles sehr schnell. Gegenseitige Besuche, Liebesschwüre in handgeschriebenen Zeilen. Heute kann man über so was nur noch schmunzeln, aber damals war das üblich. Man schrieb Briefe und schickte sie mit der Post weg. Und wenn man Glück hatte, bekam man einen Brief zurück, und das Herz konnte beim Lesen zerschmelzen. Es gab weder Handy noch Smartphone, kein SMS oder WhatsApp. Es gab auch keine PCs und somit weder E-Mails noch Skype.

Thomas Eltern lebten in einem Nachbardorf. Obwohl wir im gleichen Alter waren und dieselbe Schule besuchten, lernten wir uns erst an diesem Discoabend kennen. Es stellte sich heraus, dass er erst an die Schule kam, als ich diese in Richtung Oberschule verließ. Es war sogar so, dass sich seine und meine Mutter gut kannten, da sie in früheren Jahren Kolleginnen waren. Also stand einer gemeinsamen Zukunft nichts im Wege, oder besser gesagt, fast nichts. Thomas lebte seit der Wende im Westen. Uns trennten fast 500 Kilometer.

Die Zeiten zwischen den Besuchen waren fürchterlich. Ich war unter der Woche jedes Mal krank, zwar nur vor Liebe, aber mit echten körperlichen Symptomen. Meistens hatte ich Halsschmerzen und leichtes Fieber.

3. September 1992

Die Hochzeit fand im darauffolgenden Jahr statt. Die Vorbereitung dieses Ereignisses wurde unser erstes gemeinsames Projekt. Ich wünschte mir einen klassischen Polterabend am Vorabend der Vermählung. Heutzutage wählen viele Paare einen freien Tag zwischen den Ereignissen. Unsere Variante war zwar sehr anstrengend, hatte aber auch Vorteile. Hierzu gehört zum Beispiel die Tatsache, dass man die Gäste von auswärts nicht noch einen Tag mehr (den Zwischentag) bewirten und vor allem »bespaßen« muss.

Wir organisierten für unser Fest einen professionellen Griller, mit Schwein am Spieß. Damit hatten wir die kulinarische Grundlage gelegt. Ansonsten gab es Alkohol, Alkohol und noch mehr Alkohol. Auf dem Hof meiner Schwiegermutter hatten wir ein Festzelt aufgebaut. Alles in allem waren bestimmt etwa einhundert Gäste da. Verwandte, Bekannte, Freunde, Arbeitskollegen, Nachbarn und sonstige Gratulanten. Es herrschte eine Bombenstimmung und um zwei Uhr morgens mussten wir die letzten Gäste hinaus komplementieren. Schließlich wollten wir in ein paar Stunden heiraten.

Traditionell kehrten wir die Polterscherben gemeinsam auf. Anschließend gingen wir ins Bett, doch zum Schlafen hatten wir keine Zeit …

4. September 1992

Da Thomas und ich konfessionslos waren und auch noch sind, fand die Zeremonie standesamtlich statt. Anwesend war der Großteil der zum Empfang eingeladenen Verwandten und Freunde. Es war eine sehr schöne Feierstunde, und ich hatte die ganze Zeit mit der Unterdrückung meiner Tränen zu tun. Und Thomas' Gesichtsfarbe wechselte in ein zartes, aber auffälliges »Grün«. In späteren Jahren habe ich diese Farbe bei ihm noch zweimal gesehen. Das erste Mal auf einem Ausritt, auf dem man ihm das schnellste und ehrgeizigste Pferd gegeben hatte, und das zweite Mal beim Start zu seinem ersten Urlaubsflug.

Zurück zur Hochzeit. Irgendwann hatten wir es geschafft. Wir wechselten die Ringe und küssten uns. Es gab jede Menge Glückwünsche. Becky und meine etwa gleichaltrige Nichte waren die Blumenmädchen und bestreuten den Weg zum geschmückten Hochzeitsauto. Nach einer Stippvisite beim Fotografen nahmen wir in der Gaststätte am See unser Hochzeitsmittagessen ein. Mein Vater überraschte mich mit einer wunderschönen Rede. Sicher hatte meine Mutter ihm bei der Vorbereitung geholfen. Trotzdem hatte ich ihm so viel Courage nicht zugetraut und war deshalb zutiefst gerührt. Kaffee, Abendessen und Tanz führten wir im Gemeindesaal des Dorfes, in dem Thomas aufgewachsen war, durch.

Es war eine sehr schöne und vor allem traditionelle Party. Es gab natürlich einen Walzer zur Eröffnung und einen Schleier - abtanz um Mitternacht. Alles hatte geklappt. Für die Pflichten einer Hochzeitsnacht waren wir dann aber doch zu müde. Diesen Teil hatten wir schon am Vorabend abgearbeitet.

Alles in allem waren wir mit unserer Hochzeit sehr zufrieden und ohne Einschränkungen ein glückliches Ehepaar. Jetzt fehlte nur noch eine Kleinigkeit, um alles vollkommen zu machen. Wir wollten so gern einen kleinen Tommy.

Herbst 1992

Die letzte Pille war genommen. Es wurde Oktober, November, Dezember und jeden Monat die gleiche negative Erkenntnis. Ich wurde nicht schwanger. Es wurde Januar und ich überfällig. Hoffnung. Plötzlich starke Blutungen, wahrscheinlich eine Fehlgeburt. Die Enttäuschung war nicht mehr zu verbergen. Aber Enttäuschung ist zu milde ausgedrückt. Ich war tatsächlich am Rande der Verzweiflung.

Weiter hoffen, weiter üben. Wie bei allen vom Kinderwunsch geplagten Paaren wurde aus dem Spaß ein Kampf und daraus ein Krampf. Es ging so weit, dass wir einmal wegen der Empfängnisbereitschaft kurzerhand die Autobahn verließen und uns einen besonders ruhigen Parkplatz suchten. Nach der Pflichterfüllung waren die Scheiben des Autos beschlagen und ließen sich nach dem Öffnen leider nicht mehr schließen. Also setzten wir die Fahrt bei offenen Fenstern fort. Aber schwanger wurde ich trotzdem nicht. Es wurde Frühling und wir spielten die letzte Trumpfkarte aus. Wir fuhren in den Urlaub. Ja, Luftveränderung soll wahre Wunder wirken, hatten wir gehört. Und das stimmt wirklich.

Wir verbrachten einen Osterkurzurlaub am österreichischen Attersee. Becky war sechs Jahre alt und Ostern für sie ein großes Ereignis. Aus meiner Kindheit kannte ich ein paar Tricks, um Kindern den Glauben an den Osterhasen möglichst lange zu erhalten. Einer dieser Tricks lief so, dass ein Elternteil heimlich die Ostersachen versteckte. Wenn dann alle zusammen waren, rief man: »Der Osterhase war da! Geh schnell ans Fenster, vielleicht kannst du ihn noch weglaufen sehen.« Genau so machten wir es. Wir schauten alle gemeinsam aus dem Fenster, und was soll ich sagen? Es hoppelte tatsächlich genau in dem Moment ein Hase am Haus vorbei. Becky rief: »Da ist er ja!« Und nach einer Pause entsetzt: »Aber der hat ja gar nichts an!«

So ist das. In der Fantasie von Kindern haben Osterhasen eine Hose und ein Hemd an, und meistens noch eine Kiepe auf dem Rücken. Unser Hase war aber nackig und entsprach damit in keinster Weise einem Osterhasen.

Es war ein toller Osterurlaub. Wir machten Ausflüge mit der Seilbahn, hatten Spaß auf der Sommerrodelbahn und besichtigten das »Weiße Rössl am Wolfgangsee«. Wir wussten es zwar noch nicht, aber auf der Fahrt zurück nach Hause waren wir schon zu viert.

Ende April 1993

Meine Periode ließ auf sich warten. Hoffnung!!! Es vergingen zwei Wochen. Still ruhte der See. Langsam wandelte sich die Hoffnung in Erwartung, aber noch lange keine Gewissheit.

Ausgerechnet zu diesem Zeitpunkt musste ich nach Hannover zu einem Lehrgang. Ich hielt es nicht mehr aus. Ich kaufte mir einen Schwangerschaftstest und benutzte ihn in dem kleinen Bad der Lehrgangsunterkunft. Warten. Dann Freude und nichts als Freude. Es war so weit. Ich war schwanger. Thomas und ich bekamen ein Kind. Ich konnte unser Glück nicht fassen. Endlich waren wir auf dem Weg, unser Leben vollkommen zu gestalten.

Nun musste ich es unbedingt dem werdenden Vater mitteilen, aber das war nicht so einfach. Es gab immer noch keine Handys. Ich musste den Abend abwarten und von einem Münzfernsprecher die Wohnung meiner Eltern anrufen. Mein Mann war vor ein paar Monaten zu mir gezogen. Wir wohnten bis dato zu dritt in zwei Räumen der Vierzimmerneubauwohnung meiner Eltern. Thomas hatte auch eine gute Arbeitsstelle gefunden. 1992 war das im Osten nicht einfach auf dem Arbeitsmarkt, die Beschäftigung also etwas Besonderes.

Es klappte gleich beim ersten Anrufversuch. Thomas kam ans Telefon und ich berichtete ihm von dem positiven Test. Er war völlig aus dem Häuschen. Es war einfach nur wunderbar. Wir kicherten noch eine Weile am Telefon vor uns hin, dann musste sich jeder allein weiterfreuen.

Zurück in der Heimat besorgte ich mir gleich einen Termin bei meinem Gynäkologen. Er konnte das Ergebnis bestätigen und ich bekam ein erstes Ultraschallbild unseres Kindes. Der Geburtstermin war der 24. Dezember, Heiligabend. Ostern entstanden und der errechnete Termin zu Weihnachten. Da soll es ja so einen

Spruch geben: »Wer Ostern mit den Eiern spielt hat Weihnachten die Bescherung.«

Wir waren damals überglücklich, und diese Schwangerschaft konnte man nur genießen. Mir war kaum übel, ich fühlte mich geborgen. Der Hausbau auf dem Familiengrundstück von Thomas Eltern war gestartet. Vor uns lagen goldene Zeiten. Jedenfalls glaubten wir das in diesem Moment.

4. Oktober 1993

Meine kleine Geburtstagsfeier am Vortag hatte ich gut verkraftet. Es waren nur ein paar Freunde zum Abendessen gekommen. Ich begab mich am Morgen schlaftrunken ins Bad und entdeckte voller Entsetzen Blut in meinem Slip. Mir rutschte das Herz in die Hose. Angst machte sich breit. Ich rief nach Thomas, der sofort an meiner Seite war. Wir mussten ganz schnell einen Arzt aufsuchen. Thomas und ich fuhren sofort zur nächsten Entbindungsstation. Die halbe Stunde Fahrzeit voller Ungewissheit wurde zur mentalen Quälerei.

Nach der ersten Untersuchung meinte der Arzt, dass es kein Grund zur Besorgnis gäbe. Es handle sich um altes Blut, und somit bestehe keine akute Gefährdung der Schwangerschaft. Die zweite Untersuchung (Wehenschreiber) aber hob die erste Entwarnung auf. Ich hatte durchgängig mittelstarke Wehen. Die dritte Untersuchung, ein Ultraschall, löste beim Arzt, bei der Hebamme und bei mir Panik aus. Genau dieser Moment sollte mein weiteres Leben verändern und bestimmen. Nur wusste ich das damals noch nicht.

Bei mir wurde eine »Plazenta praevia totalis« diagnostiziert. Es handelt sich um eine Anomalie der Lage der Plazenta, wobei diese direkt vor dem Muttermund liegt. Damit ist eine natürliche Geburt nicht möglich, und die ständigen Reizungen des Muttermundes an der Plazenta führen zu Blutungen, Wehen und sehr häufig zu Frühgeburten. Ich wurde also umgehend in das Ostklinikum überführt, da dieses über eine Frühgeborenenstation verfügte.

Dort angekommen, wurde ich nach Schema F behandelt, mit Liegen, Antiwehentropf und Beruhigungsmitteln. Die zwölf Wochen bis zur geplanten Entbindung sollte ich mich im Krankenhaus einrichten. Mein Baby wog am Tag der stationären Aufnahme geschätzte 1000 Gramm, so war es auf dem Ultraschall für die Spezialisten zu erkennen. Jede Woche würde uns etwa 200 Gramm weiterbringen. Jeder Tag im Mutterleib zählte für das Baby. Alle um mich herum sprachen von Überleben oder Sterben. Kein Mensch sagte mir, dass es dazwischen auch noch was gab, und zwar eine ganze Reihe von Möglichkeiten, welche keinesfalls für Beruhigung sorgten.

Die Behandlung sprach an, Blutung und Wehen verschwanden, vorerst. Leider konnte ich mich nicht mit meinem Zustand und den vorhandenen Umständen abfinden. Völlig Belangloses war damals wichtig und machte mich ungeduldig und genervt. Ich lag im Dreibettzimmer, und da ich strengste Bettruhe hatte, musste ich mein Geschäft auf dem Nachttopf erledigen. Das klappte auch nur mit Unterstützung von Mittelchen, und diese Mittelchen verursachten sehr schlechte Gerüche, die ich meinen Zimmerkolleginnen nicht ersparen konnte. Es war wirklich beschämend. Es gab auch keinen Fernseher im Zimmer. So etwas kann man sich heute nicht mehr vorstellen. Heute sind Krankenhauszimmer teilweise besser ausgestattet als Hotelzimmer.

Im allgemeinen Krankenhausalltag, insbesondere liegend und völlig ohne Beschäftigung, plant man seine Zeit von einer Mahlzeit bis zur nächsten. Wenn man schwanger ist, erst recht. Das Essen war aber die pure Katastrophe. Und ganz bestimmt nicht deshalb, weil ich mäklig war. Allein fünfmal pro Woche gab es Wiener Würstchen. Als Wurstgulasch zu Nudeln, in der Suppe, zum Kartoffelsalat, gebraten zum Gemüse, gegrillt zum Auflauf.

Zum Thema Essen gab es eine tolle Anekdote. Der Chefarzt machte einmal in der Woche seine Visite. Mein Mittagessen stand

unangerührt auf dem Nachttisch. Es war eines dieser undefinier-
baren. Der Chefarzt sagte: »Sie müssen essen, Sie bekommen
doch ein Kind.« Nachdem er sich das Essen etwas genauer ange-
schaut hatte, sagte er: »Aber nein, das ist doch kein Essen für eine
Schwangere. Wissen Sie denn nicht, dass Sie sich als werdende
Mutter das Essen nach Appetit wünschen können? Für unsere
Schwangeren werden hier in der Klinik Wunschessen gekocht. Sie
brauchen nur Bescheid sagen.« Das hörte ich tatsächlich zum ersten Mal, aber auch zum letzten Mal. Der Chefarzt war nach der
Visite fort und mit ihm seine Illusion einer heilen Welt. Ich bin
mir aber ziemlich sicher, dass er wirklich nicht wusste, dass diese
Wunschessenmaßnahme in seiner Klinik nicht ansatzweise
umgesetzt wurde.

Knapp drei Wochen vergingen voller Entwürdigung und vor
allem Ungeduld. Meine Beruhigungsmittel wurden zum Schutz
des Kindes abgesetzt. Medikamentenabhängige Kinder würden
zu schlecht trinken, hieß es. Man begann zeitgleich mit der Physiotherapie, natürlich im Bett, denn ich durfte nach wie vor nicht
aufstehen. Körperliche Belastung und eine angeschlagene Psyche
waren der Nährboden für neue, viel stärkere Blutungen. Man
brachte mich sofort vorsorglich in den Kreißsaal.

Nun war ich völlig verzweifelt. Zu all dem bereits Erwähnten
kam die totale Einsamkeit. Bis auf gelegentliches Schauen der
Hebamme, passierte nichts, keine Bewegung, nur Liegen, Beine
hoch. Kein Mensch, keine Abwechslung, kein Wort, abgesehen
von den Selbstgesprächen voller grüblerischem Selbstmitleid. Ich
wollte nur noch frei sein, frei von der »Plage« in meinem Inneren,
die Plage, die mich in diese Situation gebracht hat. Ich fing an,
nicht nur die Situation, sondern auch mein Kind zu hassen. Aus
heutiger Sicht schäme ich mich dafür sehr.

All das musste ich mit mir allein ausmachen. Thomas war
arbeiten, Telefon hatte ich nicht, zu Besuch kam niemand. Ich
war verzweifelt, hätte dringend Zuspruch und Trost gebraucht,
aber der Zustand der Einsamkeit und Hilflosigkeit blieb. Ich fing

an zu weinen. Ich weinte und weinte, und die Wehen und die Blutungen wurden stärker. Der Arzt sprach mit mir, ermahnte mich, sprach über Konsequenzen und meine Verantwortung. Ich sollte durchhalten, dem Baby zuliebe.

Und dann kam ein neuer, riesiger Blutschwall. Der Arzt nahm zurück, was er vorher gesagt hatte, und klärte mich für einen Kaiserschnitt auf. Jetzt stand auch mein Leben auf dem Spiel. Innerhalb der nächsten fünf Minuten war ich im OP. Der Magen wurde über eine Magensonde entleert, musste ich doch für den Eingriff nüchtern sein. Ich wurde rasiert, desinfiziert und narkotisiert.

Als ich aufwachte, fror ich fürchterlich, und Thomas versuchte mich liebevoll mit seinem Körper zu wärmen. Man erklärte mir kurz und knapp, dass ich eine Tochter geboren hatte, die 1670 Gramm wog, 41 cm groß war und leider nicht allein atmen konnte. Sie wurde intubiert und lag auf der Intensivstation für Frühgeborene.

Nun begannen 24 Stunden extremer Schmerzen und noch extremerer Ungewissheit auf der Wachstation. Nachwehen auf eine frische Bauchwunde sind wirklich nicht zu unterschätzen. Ich erbettelte mir meine Rationen Schmerzmittel und wartete geduldig auf Nachricht über den Zustand meines Kindes. Der Informationsfluss hielt sich mehr als in Grenzen, und so war ich wieder ohne Handlungsmöglichkeiten weggesperrt. So zumindest empfand ich es.

Nach Verlegung auf die Wöchnerinnenstation konnte ich Besuch empfangen. Mein Mann setzte mich in einen Rollstuhl und fuhr mit mir innerhalb des Gebäudes zu meinem Kind, welches ich bis dahin immer noch nicht gesehen hatte. Ich wurde über die strengen hygienischen Anforderungen belehrt, und dann endlich lernte ich meine Annemarie kennen.

Wer niemals ein frühgeborenes Kind gesehen hat, muss sich erst an den Anblick gewöhnen. Zuerst einmal ist man über die Größe entsetzt. 41 cm sind zwei cm weniger als die berühmte Puppe »Baby born«. Da das Unterhautfett bei Frühgeborenen noch fast völlig fehlt, wirkt das kleine Wesen wie durchsichtig. Der Brustkorb ist mangels Lungenreife so flach wie ein Brett. Verschiedenste Schläuche und Drähte sind an und um das Kind befestigt. Eines der schlimmsten Dinge, die man mit ansehen muss, sind die tiefen Krater in den Hacken der kleinen Wesen. Dort werden kleine Stück Fleisch »ausgegraben«, um an winzige Mengen Blut zu kommen, mit denen man das Blutbild bestimmen kann. Auch wenn man um die Notwendigkeit dieser Dinge weiß, sind sie trotzdem schrecklich anzusehen und noch schwerer zu ertragen.

Mit all diesen Eindrücken ging es zurück auf meine Station. Vielleicht können sich Mütter und Psychologen vorstellen, wie stark die postnatale Depression ausfällt, wenn man eine abrupt unterbrochene Schwangerschaft hat und selbst enorm geschwächt ist. Wenn man das eigene Kind in kritischem Zustand weiß und dann mit einer Wöchnerin auf dem Zimmer liegt, die ihr Kind auf natürlichem Weg und gesund geboren hat und das Baby im Zimmer bei Verwandten und Bekannten herumreicht.

Ich kann heute immer noch nicht glauben, dass es niemanden gab, der wusste, in welcher ungeheuerlichen Situation ich mich befand. Ich hätte nicht nur anders untergebracht werden müssen, ich hätte dringend psychologische Hilfe benötigt. Aber wie bereits erwähnt, interessierte sich für dieses Thema niemand.

Irgendwann konnte ich endlich wieder aufstehen, und soweit meine Kräfte es zuließen, besuchte ich meine Tochter mehrmals täglich. Nach drei Tagen nahm mein Kind endlich an Gewicht zu und konnte außerdem extubiert werden, das heißt, die Beatmung wurde abgesetzt, da die Eigenatmung halbwegs regelmäßig funktionierte. Es war also alles auf dem richtigen Weg, so glaubte ich. Auch zu diesem Zeitpunkt war mir noch nicht ansatzweise klar, dass mein Leben nie mehr so sein würde, wie es vorher war.

Zehn Tage nach der Entbindung konnte ich entlassen werden. Mein Baby musste natürlich noch dort bleiben, bis es physisch stabil genug war.

3. November 1993

Zu Hause ereilte mich dann die Depression mit doppelter Wucht. Ich kam aus dem Heulen gar nicht wieder raus. Alle wollten mich trösten, aber keinem wollte es gelingen. Milch hatte ich auch keine, und das wäre gerade für Frühgeborene so wichtig. Noch einmal versagt. Erst konnte ich das Kind nicht halten, jetzt konnte ich es nicht ernähren. Und niemand sagte mir, dass das nicht meine Schuld war.

Ich fuhr jeden Nachmittag für zwei Stunden zur »Fütterung« die 60 Kilometer in die Klinik. Ich wollte für mein Kind da sein und ihm helfen, die Krise zu bewältigen. Zu diesem Zeitpunkt war alles auf einem guten Weg, das Gewicht stieg stetig, die Blutwerte waren ordentlich. Alles fokussierte sich auf die geplante Entlassung in zwei bis drei Wochen. Dann kam der Anruf der Ärztin am Nikolaustag mitten hinein in den Geburtstagskaffee meiner Mutter:

»Es hat sich etwas Schwerwiegendes ereignet.«

6. Dezember 1993

Die Zeit der Ungewissheit ist grausam und gefährlich. Ich versucht, ruhig zu bleiben. Ich fuhr, so konzentriert es ging, in Richtung Klinik, ohne zu wissen, was mich erwartete. Natürlich malte ich mir in der Fantasie alle denkbaren Möglichkeiten aus, aber eigentlich hatte ich überhaupt keine Ahnung, was passiert sein konnte, und schon gar nicht, welche Konsequenzen daraus entstehen konnten. Nur eines, das wusste ich genau: Ich hatte Angst, diese Schicksalsangst, die einem den Atem lähmt, ohne Kenntnis der Gefährdung. An diesem Tag sollte ich erfahren, dass es in der Medizin noch etwas anderes als Sterben und Überleben gibt.

Auf der Station angekommen war die Oberärztin sofort für mich da. Sie erklärte mir, dass es wegen einer Lungenentzündung zu einem Atemstillstand gekommen war. Man konnte das Kind, mein Kind, reanimieren. Auf einem im Anschluss gefertigten CT waren jedoch massive Hirnschädigungen zu erkennen. Dann sprach sie es aus: »Bitte stellen sie sich darauf ein. Ihr Kind wird ein ewiger Pflegefall werden.« Ich konnte damit gar nichts anfangen. Ich musste mich nie mit Hirnschäden auseinandersetzen. Es konnte doch nicht sein, dass man dagegen nichts tun konnte?

Ich fuhr nach Hause. Allein, mit all meinen Gedanken. Wer hatte denn jetzt was falsch gemacht? War es ein Ärztefehler? Hätte ich sagen müssen, dass mein Kind in den letzten Tagen so flach geatmet hat. Verdammt noch mal, meine Tochter lag auf einer Intensivstation. Da muss so etwas doch bemerkt werden! Ich wurde wütend, ich wurde verzweifelt und dann wurde ich wieder wütend. Nichts half, nichts änderte etwas.

Zu Hause angekommen meinte meine Mutter: »Das ist ja eine tolle Nachricht an meinem Geburtstag.« Mein Mann, der unterdessen Feierabend hatte, sagte: »Ein krankes Kind will ich nicht, dann müssen wir es weggeben.«

Ich verbrachte die kommenden Stunden damit, meinem Mann klarzumachen, dass man Kinder nicht einfach so weggeben kann. Es gibt nirgends eine Institution, die nicht funktionierende Kinder einsammelt und verwaltet. Die komplette Verantwortung hatten wir und konnten sie auch an niemanden abgeben.

Meine Familie hatte mich geschockt, nahm mir die letzte Kraft, um das in der Klinik Gehörte zu verdauen. Statt Trost erhielt ich Vorwürfe. Ich stand allein da und schien mich vor den anderen noch rechtfertigen zu müssen. Ich weiß nicht, was schlimmer war. Die Tatsache, dass wir jetzt ein behindertes Kind hatten, oder die Erkenntnis, dass ich mit diesem Problem offensichtlich allein war.

Die kommenden Wochen waren geprägt von der Suche nach Informationen. Das Internet stand uns noch nicht zur Verfügung, also musste man sich durchfragen. Was wäre, wenn? Könnte nicht doch vielleicht? Wie groß sind die Chancen? Gibt es überhaupt welche? Nach dem Prinzip vier Ärzte gleich fünf Meinungen kam doch wieder ein wenig Hoffnung auf. Mit viel Willen, Energie und Arbeit sollte es mithilfe von Experten vielleicht möglich sein, Annemarie ein annehmliches Leben zu gestalten. Was auch immer das heißen sollte. Es war unser Strohhalm, nach dem wir griffen.

Der Begriff Vojta kam in unser Leben, zum Glück auch in die Klinik. Noch während des verbleibenden Krankenhausaufenthalts unserer Tochter wurde mit der Vojtatherapie begonnen und wir in die richtigen Griffe eingewiesen.

Mit und durch Vaclav Vojta wurde eine Methode entwickelt, die wichtige Bewegungsmuster auch bei Menschen mit Hirnschädigung zumindest in Teilbereichen wieder zugänglich macht. Durch Drücken bestimmter Punkte (Reflexlokomotion) kommt es bei Patienten zu Freischaltungen oder Neuprägungen innerhalb der Netzwerke zwischen Gehirn und Rückenmark, die funktionell blockiert sind. Damit werden die angeborenen Bewegungsmuster aktiviert. Wir wurden in dieser Art der Physiotherapie geschult und konnten und sollten diese über Monate selbst durchführen.

Wir lernten auch, dass Stimulierung der Sinne hilfreich sein kann. Insbesondere das Empfinden des eigenen Körpers sollte gestärkt werden. Hierzu gibt es unendlich viele Möglichkeiten. Angefangen von Bewegung im Wasser, baden in Wackelpudding, tatschen in Cremebottichen, sich selbst streicheln, Berieseln mit Linsen, um nur einige Beispiele zu nennen. All das lag vor uns, sollte unser neuer Lebensinhalt werden.

Die letzten Wochen vor Weihnachten vergingen. Die Ärztin hatte mir versprochen, dass wir unsere Kleine zu den Festtagen nach Hause holen könnten. Das geforderte Gewicht von 2500 Gramm hatte sie schon längst erreicht, als neue Probleme auftauchten. Annemarie litt an Anämie, nichts Besonderes bei Frühgeborenen, aber wieder ein Rückschlag und ein verschobener Entlassungstermin. Annemarie bekam eine Bluttransfusion und zusätzlich blutbildende Medikamente.

22. Dezember 1993

Es war so weit – wir bekamen unser Kind in unsere Obhut. Nur war der formale Akt anders, als ich es bei der Entlassung meines ersten Kind kennengelernt hatte, damals. Ein Abschied, verbunden mit ein paar praktischen Hinweisen und guten Wünschen. Nein, hier war es definitiv anders.

Zuerst gab es eine Liste mit Medikamenten, die vorerst dauerhaft eingenommen werden mussten. Hierzu zählten unter anderem Vitamin D, Eisen, Antibiotika. Dann gab es eine Einweisung für den Umgang mit einem Inhalator und den dafür zu verwendenden Medikamenten. Im Folgenden bekamen wir eine Liste mit Terminen für Physiotherapie, Neuropädiatrischer Ambulanz und Augenarzt. Nach und nach konnten wir uns ein Bild davon machen, was auf uns zukommen würde und was alles auch noch passieren konnte. So erfuhren wir, dass es durch das Beatmen bei Patienten zu einer Netzhautablösung kommen konnte. Auch das war für uns neu und ein weiterer Schock. Zu guter Letzt erhielten wir eine Gebrauchsanleitung für ein Überwachungsgerät, welches an unser Kind während des Schlafens immer angeschlossen werden musste. Schließlich haben Frühgeborene öfter mal Apnoen (Atemaussetzer) bis hin zum plötzlichen Kindstod. Tolle Aussichten. Überaus beruhigend.

Mit all den Infos und dieser riesigen Verantwortung machten wir uns auf den Weg nach Hause in eine immer ungewissere Zukunft.

Es ist erstaunlich, aber wenn man aktiv werden muss, hört man auf, über vieles nachzugrübeln. Man macht einfach. Genau wie bei jedem anderen Baby mussten wir füttern, dazu auch nachts aufstehen, Windeln wechseln, Baby baden und cremen und natürlich spazieren gehen. Bei Annemarie kam noch eine ganze Menge anderes hinzu, zum Beispiel inhalieren, »Vojta turnen«. Man hatte eben den ganzen Tag zu tun, und darüber konnten wir teilweise auch vergessen, dass wir uns nicht im »normalen Bereich« befanden.

Natürlich kann ich nicht leugnen, dass wir unsere Tochter beobachteten. Wir schauten ständig auf ihre Bewegungen und versuchten herauszufinden, ob sich der »Pflegefall« bestätigen würde. Für diese Beurteilung war es jedoch viel zu früh. Was wir natürlich mitbekamen, war, dass ihre Größe nicht ihrem Alter entsprach, was aber auch nicht anders zu erwarten war. Wir sahen auch, dass die »normale« Entwicklung, das Drehen, das Hinsetzen, das Kriechen, das Krabbeln, nicht so stattfand, wie es hätte sein sollen. Natürlich gibt es keinen Einheitskatalog »Was muss das Kind wann genau können«. Trotzdem sind einem diese Entwicklungsschritte in ihrem Ablauf bekannt, und Annemarie war in ihrer Motorik sehr weit ihrem Alter hinterher. So weit, dass es Selbstverleugnung gewesen wäre, wenn man von einer leichten Entwicklungsverzögerung gesprochen hätte.

Oktober 1994

Das erste Jahr war geschafft. Unser Leben war schwierig, aber machbar. Annemarie blieb tagsüber bei meinen Eltern, denn ich musste wieder arbeiten gehen. Ohne Kenntnis unseres Schicksals hatten wir einen hohen Kredit aufgenommen und ein Haus gebaut. Wir hatten also keine Alternative zur Berufstätigkeit. Es gab Unmengen von Arztterminen und Therapien, aber auch das schafften wir einzurichten. Ansonsten führten wir ein fast normales Leben.

Im August waren wir sogar im Urlaub in einem Centerpark. Dort bekam Annemarie auch ihren ersten Zahn. Zugegeben ein wenig spät, aber er war da. Das wurde irgendwann unsere Lebensphilosophie: Alles später, na und? Hauptsache da. Wir hatten uns arrangiert. Die Kleine wuchs und nahm zu, wuchs noch mehr und nahm noch mehr zu. Zu unserem Glück war sie ein ausgesprochen liebes und genügsames Kind.

Noch hatten wir keine Ahnung, ob und wenn ja und in welcher Ausprägung sich die Prophezeiung erfüllen würde. Würde unser Kind ein ewiger Pflegefall werden? Es wurden nach und nach Dinge sichtbar, die auch wir nicht ignorieren konnten. Annemarie konnte weiterhin weder kriechen noch krabbeln, obwohl wir sie ständig dazu animierten und uns die größte Mühe gaben. Sie bevorzugte eine Fortbewegung vorwärts im Sitzen. Sieht lustig aus, aber nur, wenn man nicht emotional und persönlich betroffen ist. Unsere Tochter saß auf ihrem Hintern und schob sich mit aufgestütztem linken Arm, die Füße voraus, vorwärts. Deutlich wurde ebenfalls, dass die rechte Körperhälfte spastische Lähmungen aufwies. Greifen mit rechts – Fehlanzeige.

Wir verschwendeten keine Energie mit Selbstmitleid und Horrorszenarien. Wir machten einfach immer weiter. Mit all dem, was wir bis dahin wussten, was helfen konnte, das Schlimmste zu verhindern. Rückblickend bewundere ich unsere Energie und den Optimismus. Es stimmt, solange man nicht muss, weiß man gar nicht, was man alles kann. Und man kann viel, sehr viel.

Im nächsten Dreivierteljahr kamen irgendwann die ersten Worte, das erste »Mama« und das erste »Papa«. Aber das allererste Wort war »nein«. Das war schon kurios. Annemarie saß auf meinem Schoß, gucke mich an und sagte plötzlich: »Nein!«. So ist das Leben. Besondere Ereignisse kommen bei besonderen Menschen vor.

Es war mitunter lustig, wie sie sich verständlich machen konnte. Ihr Opa war an einem Nachmittag mit ihr spazieren. Sie saß in der Sportkarre und die Oma hatte für den Weg eine Packung Kekse mitgegeben. Zurück zu Hause wunderte sie sich über die leere Packung. Da »verpetzte« Annemarie ihren Großvater, indem sie sagte: »Opa. Gag-gag. Nam-nam.«, oder in unserer Sprache: »Opa hat die Enten gefüttert.«

Auch das mit dem Töpfchen klappte bei Anni täglich besser. Auch wenn sie beim Aufstehen ständig alles auskippte, weil der

Topf am Hintern klebte. Aber sie hatte das Prinzip verstanden. Nur laufen konnte sie immer noch nicht. Stattdessen machte sie ihre ersten Erfahrungen auf dem Rücken der Pferde. Dort liegt ja bekanntlich alles Glück dieser Erde. Bei uns im Dorf war ein kleiner Reiterhof, wo man sich Ponys ausleihen konnte, um selbstständig mit Kind auf Pferd spazieren zu gehen. Das machten wir regelmäßig an den Wochenenden. Warum? Natürlich waren wir darüber informiert, dass das Reiten einen enormen therapeutischen Wert besitzt. Und wir machten eben alles, was wir diesbezüglich einrichten konnten. Aber nicht im Traum hatten wir damals damit gerechnet, dass das Reiten unser Leben verändern würde und dass wir in diesem Moment die Tore öffneten für Annemaries späteres Leben – ein Leben, in dem Pferde eine entscheidende Rolle spielen würden.

18. August 1995

Annemarie war jetzt knapp 22 Monate alt. Wir hatten fast den ganzen Tag geübt und geübt. Wofür? Für einen ganz besonderen Moment, der uns glücklich machen sollte. Thomas kam nach Hause und bekam von mir Order, an der Tür stehen zu bleiben. Er musste die Augen schließen. Hocus pocus fidibus, dreimal schwarzer Kater – und schon lief Annemarie ihm entgegen. Man kann es kaum glauben, aber es war ein Grund zu weinen, und das ist es heute noch. Genau jetzt, während ich diese Zeilen schreibe, kommen mir die Tränen, genau wie damals, als es geschah.

Neuer Fortschritt, neuer Mut und weiter ging es. Urlaub in Kärnten, Baden an der Seenplatte und Weihnachten zu Hause. Apropos Weihnachten, Annemarie hatte schreckliche Angst vor dem Weihnachtsmann. Das ist sicherlich bei vielen Kindern so, aber es gibt bestimmt keinen weiteren Fall, wo sich das bis in das Erwachsenenalter hinein nicht geändert hat. Ja, noch heute müssen wir extrem sensibel mit dem Thema umgehen. Damals aber passierte Folgendes: Ich wollte auf die Ängste meiner Tochter

Rücksicht nehmen, also beschloss ich, Annemarie jegliche Aufregung zu ersparen. Ich schickte meinen lieben Mann mit seiner kleinen Tochter ein paar Minuten nach draußen. In der Abwesenheitszeit wollte ich die Geschenke unter dem Weihnachtsbaum verteilen und dann erzählen, dass der Weihnachtsmann da war, aber keine Zeit hatte, zu warten. Das war ein wirklich guter Plan, der aber leider nicht aufging. Denn genau in dem Moment, wo Annemarie das Haus verließ, war sie einem Weihnachtsmann direkt in die Arme gelaufen und ein wahnsinniges Geschrei war zu hören. So kann es gehen. Da helfen auch die besten Pläne nichts. Ab und zu entscheidet das Schicksal.

Januar 1996

Im neuen Jahr ging es dann mit einer befreundeten Familie ins Euro Disneyland Paris. Es war ein sehr schöner Urlaub und Annemarie fuhr immer zu mit irgendeinem »Babybrumbrum« (Kinderkarussell). Während dieses Urlaubs hat sich ein Bild in unser Gedächtnis eingegraben, welches bis heute noch so präsent und auch nach so vielen Jahren genauso faszinierend ist wie damals.

Annemarie war, wie viele Frühgeborene, ein Vorbild an Ausgeglichenheit. Es gab einen Ablauf, und der konnte durch nichts gestört werden. Hierzu zählte auch das regelmäßige und für Kinderverhältnisse gute Essen. Da gab es kein Mäkeln noch Verweigern. Es wurde wirklich immer gut gespeist und dann im Anschluss ein Mittagsschläfchen gemacht. Nun könnte man ja meinen, das wäre in einem Freizeitpark gar nicht so einfach umzusetzen. Grundsätzlich hätte man damit auch recht, aber mit unserem Kind funktionierte das immer und an jedem Ort. Speziell lief das einmal so ab: Wir aßen in einem Restaurant auf einer Eckbank. Ich schob Anni einen Löffel nach dem anderen mit leckerem, gesundem Essen in den Mund. Noch während Anni am letzten Happen kaute, drehte sie sich auf die Seite, legte sich hin und machte die Augen zu. Etwa eine Minute später schlief sie den Schlaf der Gerechten. Es war ein Bild für Götter.

Wir waren in jenen Tagen sehr glücklich. Sicher lag das daran, weil zu diesem Zeitpunkt noch relativ wenig Konsequenzen aus unserem Schicksal erwuchsen.

Frühjahr 1996

In den nächsten Wochen und Monaten erlernten wir Deutschlands Behörden-ABC, und bis heute haben wir dieses noch nicht verlernen können und dürfen. Wer in Deutschland etwas will, muss

- intelligent genug sein,
- viele Leute kennen,
- einen ganz langen Atem haben,
- ausreichend Frustrationstoleranz besitzen und
- unheimlich stark sein.

Zuallererst muss man sich kundig machen, was einem zusteht und wo man es mit welchem Antrag bekommen kann. Neben der Physiotherapie, welche ja seit Annemaries Geburt regelmäßig durchgeführt wurde, begannen wir nun zusätzlich mit Ergotherapie (Entfernung zum Wohnort 30 Kilometer). Beim Sozialamt beantragten wir Frühförderung. Die Genehmigung bedurfte eines einstündigen Tests. Dann kam »Tantian« (Tante Liane) einmal wöchentlich zu uns nach Hause und versuchte, unsere Tochter mit verschiedenen Spielen in ihrer Entwicklung zu fördern. Bei der Krankenkasse beantragten wir ein Haverich-Dreirad, erhielten es auch für viele Jahre. Neben dem Besuch der Kita ab dem zweiten Lebensjahr ist auch noch der Erhalt des Pflegegeldes erwähnenswert. Auch dieses Thema war nicht einfach zu bewerkstelligen und damit der Erhalt der Leistung nicht selbstverständlich. Im Zusammenhang mit der Antragsprüfung durch den Medizinischen Dienst der Krankenkassen lernten wir den Begriff »grenzwertig« kennen, ein Begriff der uns auch immer wieder begegnen sollte und unser Leben nicht einfacher machte. Egal ob grenzwertig oder nicht, wir bekamen damals die Pflegestufe. Zu guter Letzt brauchten wir orthopädische Schuhe, Armschiene, Beinschiene und eine Brille, alles nach Verordnung durch Fachärzte, Beantragung bei und Genehmigung durch die Krankenkasse.

Wenn ich jetzt darüber nachdenke, so war diese Aufgabe möglicherweise für sich gesehen schon ein Fulltime-Job. Wir konnten es uns jedoch nicht leisten, auf ein Einkommen zu verzichten. Also zusammenreißen und wie immer weitermachen.

Herbst 1996

Im Oktober flogen wir in den Urlaub nach Mallorca. Unser erster großer Familienurlaub. Der fing auch prima an. Leider blieb das nicht so. Im Gegenteil. Das Wetter war recht durchwachsen. Teils hatten wir super Temperaturen für den Strand. Teils schüttete es wie aus Eimern. In jedem Fall hatten wir dieses Klima unterschätzt. Nach ein paar wunderschönen Tagen am Wasser, beim Minigolf und auf Ausflügen bekam Annemarie hohes Fieber. Genau das, was man im Ausland unbedingt haben muss. Aber das Hotel war groß und verfügte über eine eigene Arztpraxis. Es sollte ja eigentlich kein Problem geben, wir hatten ja unsere Auslandsversicherungsscheine. Ja, in den 90-igern war noch nicht alles digitalisiert. Da gab es noch echte Scheine zum Anfassen. Nur wollte die dort keiner haben. Ein Anruf in Deutschland brachte Klarheit. Wir mussten in bar bezahlen und die Quittungen nach Rückkehr in Deutschland bei der Krankenkasse einreichen.

Annemarie wurde also untersucht und wir bekamen die Dia - gnose »Bronchitis«. Das sollte nicht die einzige bleiben, nur wussten wir das zu diesem Zeitpunkt noch nicht. Zur Behandlung erhielt Annemarie ein Antibiotikum, und das brachte nach zwei Tagen neue Probleme und unseren nächsten Besuch in der Arztpraxis. Jetzt hatte unser Kind massiven Durchfall. Das Fieber war zwar gesunken, aber der Allgemeinzustand erbärmlich. Die Ärztin verordnete Salzstangen und Cola und setzte das Antibiotikum ab. Das war für die Atemwege der Beginn eines langen Kampfes. Aber wie bereits erwähnt, zu diesem Zeitpunkt hatten wir davon noch keine Ahnung.

In den kommenden Tagen, eigentlich bis zum Ende des Urlaubs, hatten wir ständig mit vollen Hosen zu tun. Thomas spricht heute noch oft darüber, dass Annemarie auf Mallorca mehr Toiletten gesehen hat, als die meisten Urlauber in ihrem ganzen Leben sehen würden.

Herbst / Winter 1996 / 97

Ende des Jahres begann mein Fels in der Brandung zu bröckeln. Alle zwei bis drei Wochen gab es bei Anni neues Fieber und neuen Husten. Da immer einer zur Pflege zu Hause bleiben musste, gab es auch die ersten ernsthaften Auseinandersetzungen in unserer Ehe. Thomas war ja nie da, also blieb alles an mir hängen, wieder und wieder. Immer musste ich alles umdisponieren, in der Arbeit meine Abwesenheit organisieren, alle sonstigen Termine absagen und auch zu Hause mit der Krankenpflege klarkommen. Wir, vor allem ich, lebten zwischen Hoffnung, Angst, Wut und Niedergeschlagenheit.

Das aber sollte noch längst nicht die Spitze des Eisberges sein. Es kam der Frühling und der brachte bei Weitem nicht nur Gutes. Annemarie veränderte sich. Ständig klagte sie über Übelkeit, musste sich oft übergeben. Dieser Zustand war anhaltend, irgendetwas bewegte sich auf uns zu und war nicht zu greifen.

Mai 1997

Dann Anfang Mai, am Freitag nach Himmelfahrt, passierte es. Ich kam von der Arbeit und holte Annemarie bei meiner Schwiegermutter ab. Die Kleine sah sehr blass aus. Ich spürte deutlich, dass etwas Schreckliches in der Luft lag.

Ich spielte mit Annemarie in der Stube auf dem Fußboden. Förderungsmotiviert, wie wir waren, hatten wir allerhand »wertvolles« Spielzeug. Im konkreten Fall handelte es sich um einen Würfel, in den man bestimmte Formen (Dreiecke, Würfel, Kreise) stecken musste. Ich drängte Annemarie dazu, die rechte, gelähmte Hand zu nehmen. Man sah ihr die Anstrengung deutlich an. Mit einem Mal musste sie sich übergeben. Scheiße, dachte ich, aber es sollte noch schlimmer kommen. Annemaries Gesicht wurde schief, so wie man es bei Schlaganfallpatienten kennt. Die rechte Gesichtshälfte fing als Erstes an zu zucken, der rechten Hand folgte der gesamte rechte Arm. Ich sprang auf und schnappte mir mein Kind, setzte sie ins Auto. Meine ältere Tochter Becky schickte ich zu meiner Schwiegermutter, damit sie dort Bescheid sagen sollte. Ich fuhr 500 Meter zur nächsten Landarztpraxis.

Der Arzt nahm uns sofort dran, konnte aber nicht helfen. Das krampflösende Mittel Diazepam hatte er nicht vorrätig. Einfach unfassbar. Wir mussten krampfanhaltend warten, bis der angeforderte Hubschrauber landete und der mitfliegende Notarzt endlich mittels Medikament den Krampfanfall beendete.

Das Schlimmste an der scheinbar endlosen Wartezeit war, dass ich ununterbrochen weinte und mein kleines Kind trotz ihres Krampfanfalls meine Wange streichelte und sagte: »Ist ja gut, Mutti, ist ja gut.« Ist das nicht völlig grotesk? Mein Kind leidet und ich muss von ihr getröstet werden!

Annemarie wurde dann ins nächste Kinderkrankenhaus geflogen. Ich durfte mitfliegen. Ich hätte gern auf dieses besondere Erlebnis verzichtet, denn meinen ersten Hubschrauberflug hatte ich mir anders vorgestellt. Trotzdem habe ich noch heute bei dem Gedanken daran ein schlechtes Gewissen. Und zwar deshalb, weil ich trotz der dramatischen Situation ein Auge für die Landschaft unter mir hatte. Es war unglaublich schön und kaum zu beschreiben. Von oben sah man fast nur Wasser. Ein wirklich völlig anderer Blickwinkel auf die unendliche Schönheit unserer Heimat.

Unterdessen schlief Annemarie tief und fest, daran änderte auch die stationäre Aufnahme und die Erstuntersuchung der diensthabenden Ärztin nichts. Ich beschrieb das Vorgefallene und zusammen mit den Erläuterungen zur Vorgeschichte war für die Ärztin alles klar und ohne Zweifel. Wir bekamen die nächste schreckliche Diagnose: »Epilepsie«. Annemarie hatte eine symptomatische Epilepsie, die sich in klonisch-tonischen Anfällen zeigte. Bestätigt wurde das alles, nachdem am nächsten Tag ein EEG geschrieben wurde und der Chefarzt eine Computertomografie hatte machen lassen.

Da Annemarie in diesem Krankenhaus bisher nicht bekannt war, hörten wir erstmals eine zweite Meinung zu ihrer Hirnschädigung. Wörtlich hörte sich das so an: »Wenn ich dieses Kind nicht schon hätte laufen sehen, würde ich es nicht für möglich halten, dass es sich selbst fortbewegen kann. Die linke Gehirnhälfte ist fast vollständig zerstört«.

Ich war hin- und hergerissen. Einerseits war diese Aussage definitiv nicht tröstlich und sagte viel über das Ausmaß der Schädigung aus. Andererseits hatten wir in den vergangenen dreieinhalb Jahren offensichtlich einiges richtig gemacht. Zumindest bis dahin hatte unsere Energie und Hartnäckigkeit ein kleines Wunder bewirkt.

Nun zurück zu unserem neuen Schicksalsschlag. Die gute Nachricht war, dass es Medikamente zur Behandlung der Epilepsie gibt. Die schlechte Nachricht war, es dauerte ewig, bis wir die richtige Kombination fanden, und bis dahin wurden unsere Sinne geschärft und Entspannung schier unmöglich. Aber dazu später mehr.

Wir blieben eine Woche im Krankenhaus. Während dieser Zeit wurde das Medikament, das Antiepileptikum, Schritt für Schritt »eingeschlichen«. So nennt man die langsame Erhöhung der Dosis bis zur Regeldosis. Bei Medikamenten, die am zentralen Nervensystem wirken, ist diese Verfahrensweise notwendig.

Ich nutzte diese Zeit, um mich mit den Symptomen, dem Verlauf und den Behandlungsmöglichkeiten dieser Erkrankung auseinanderzusetzen. Einiges erzählten mir die Ärzte, einiges konnte ich in der Fachliteratur nachlesen, die man mir dort zur Verfügung stellte. Ansonsten war es äußerst unangenehm in der Klinik, mehr oder weniger eingeschlossen auf der Kinderstation, denn fort konnte ich ja nicht. Ich hatte viel Zeit, zu viel Zeit, über die jetzt noch ungewissere Zukunft nachzudenken.

Ende Mai 1997

Für die Woche nach dem Krankenhausaufenthalt war schon sehr lange vorher ein Kurzurlaub an der Ostsee mit zwei befreundeten Familien geplant. Was hatten wir uns alle auf diesen Ausflug gefreut. Das zogen wir dann auch durch und mussten ganz schnell merken, dass sich unser Leben erneut verändert hatte. Wir hatten uns zum Thema Epilepsie belesen. Betroffene brauchen einen geregelten Tagesablauf und einen besonders ausreichenden, ungestörten Schlaf. Veränderungen im Schlaf-wach-Rhythmus konnten Anfälle provozieren. Hört sich erst mal einfach an, war es aber nicht.

Unser gebuchtes Zimmer hatte keinen extra Schlafraum. Der war aber notwendig, damit Annemarie die nötige Ruhe für den ungestörten Schlaf bekam. Somit konnten wir dort nicht bleiben. Für viel Geld mussten wir upgraden, um das nötige zusätzliche Schlafzimmer zu erhalten. Und wir konnten auch nicht mehr einfach länger mit den anderen »abhängen«, denn zumindest eins von unseren Kindern musste von nun an immer pünktlich schlafen gehen.

Wir hatten das Gefühl, den Rest der Freiheit aufgegeben zu haben. Dabei war das alles »Quatsch mit Soße«. Denn wenn ich mir heute die Fotos aus diesem Urlaub anschaue, sehe ich lauter tolle Erlebnisse, die uns allen viel Spaß machten und sichtlich Freude bereiteten. Da war zum Beispiel ein Spaßbad, was wir mehrmals intensiv nutzten. Außerdem gab es einen Indoorspiel-platz, bei dem auch Erwachsene spannende Abenteuer erleben konnten.

Unser Gefühl war, wie beschrieben, aber ein anderes.

Sommer 1997

Wir litten. Das sage ich nicht so daher. Wir litten wirklich unter der Situation. Ich hatte in diesen Tagen immer häufiger die Angstvorstellung, dass unsere Familie auseinanderbrechen könnte. Ständig angespannt, ständig in Angst wird man auch mal ungerecht, trifft die anderen Familienmitglieder ohne Vorwarnung auf emotionaler Ebene. Schuldzuweisungen von allen Seiten. Krisen können Menschen enger zusammenbringen, aber irgendwo ist eine Grenze, und unsere war mehr als erreicht.

Aber wir wussten auch, dass wir ganz sicher nicht die am meisten leidende Familie waren. Dies wurde immer besonders dann deutlich, wenn wir die Termine in der Neuropädiatrischen Klinik wahrnahmen. Dort war die Sprechstunde für alle hirngeschädigten Kinder der gesamten Gegend. Es gab Kinder im Rollstuhl, große Kinder im Kinderwagen, Kinder, die vor sich hin sabberten. Viele geschädigte Kinder und ihre bemitleidenswerten Eltern. Das waren dann die Momente, wo wir froh und glücklich waren, dass unser Kind so war, wie es war. Wir sahen es, wir wussten es: Es hätte alles noch extrem schlimmer kommen können.

Annemaries Arzt war ein sehr netter älterer Herr, der sie seit ihrer Geburt, zu diesem Zeitpunkt und noch viele weitere Jahre hindurch, betreute. Wir nannten ihn den »Storchendoktor«, weil er in seiner Praxis so einen Plüschstorch hatte. Nun erfuhr auch er von der Epilepsie. Als Neuropädiater war er ohnehin der Spezialist auf diesem Fachgebiet. Er war ein wenig enttäuscht, dass die Erstbehandlung nicht in seiner Klinik stattfand, konnte aber den Behandlungsansatz als richtig bestätigen. Wir erfuhren an diesem Tag, dass alle Vorbefunde bereits deutlich in Richtung

Anfallsleiden zeigten und es für Annemaries Arzt schon längst nur eine Frage der Zeit gewesen war. Nun verstand ich auch einige seiner Fragen bei vorherigen Terminen. Fällt sie manchmal einfach so hin? Scheint sie manchmal abwesend zu sein? Und so weiter und so weiter.

Oktober 1997

Der Anfall war jetzt fünf Monate her und wir verfielen beinahe in Euphorie, denn wir hatten das neue Problem im Griff. Dachten wir.

Wir machten einen Kurzurlaub bei Freunden in Rheinland Pfalz. Es herrschte eine trügerische Sorglosigkeit. Wir genossen die Landschaft, das schöne Spätsommerwetter und den Federweißen. Wenn ich schreibe genossen, dann meine ich es auch so. In der Pfalz ist im Frühherbst ganz anderes Wetter als bei uns. Noch goldener, definitiv wärmer. Zusätzlich ist dort eine wirklich wunderschöne Landschaft, Flüsse, Schluchten, die Weinberge, die rote Erde. Dazu kam dann unsere erste Begegnung mit dem Federweißen. Dieses ganz besondere Getränk kannten wir bis dahin noch gar nicht. Seine Süße und Frische unterstreicht die Schönheit der Natur. Zusammengefasst kann man wirklich sagen: Es war ein bezaubernder Urlaub, eine Oase der Friedlichkeit.

Aber zurück in der Heimat näherten wir uns gnadenlos dem nächsten Tiefschlag.

November 1997

Es war der 5. November ganz früh am Morgen. Ich stand zu gewohnter Zeit auf und weckte Becky. Im Anschluss begab ich mich in Annis Zimmer, ohne eine Ahnung zu haben, was auf mich zukam. Das Schicksal ist gnadenlos. Annemarie wurde wach, hustete, übergab sich. Dann fing sie an zu krampfen, genauso, wie ich es schon kannte. Erst das Gesicht, dann die Hand, dann der Arm. Im Kühlschrank lag das Notfallmedikament. Jetzt musste ich es verabreichen. An diesem Tag lernte ich etwas, was ich noch häufig wiederholen musste, etwas, was nicht zum Standard-Eltern-ABC gehört und auch nicht gehören sollte.

Eine Diazepam-Rektiole sieht aus wie eine Tube, man öffnet sie, führt sie mit der Spitze, ähnlich einem Zäpfchen, in den After des Kindes und drückt sie aus. Es dauert in der Regel kaum mehr als 30 Sekunden, bis der Anfall aufhört. Unmittelbar danach fallen die Betroffenen in einen ohnmachtsähnlichen Schlaf. Dann ist es vorbei. Neben der Stille spürt man die Leere, diese hoffnungslose Leere.

Thomas war nicht da und so hatte ich sie wieder, meine drei Probleme: Was mach ich mit meinem Job? Wie komme ich in die Klinik? Und wie soll es überhaupt weitergehen? Ich meldete mich zum wiederholten Male in der Arbeit ab. Dann rief ich eine wirklich gute Freundin an, die mir sofort ihren Mann als Chauffeur anbot. Danach meldete ich mich beim »Storchendoktor«. Er sagte: »Ja, dann kommen Sie mal her.«

Da Annemarie bei ihrer Einlieferung ins Krankenhaus zusätzlich noch Husten und Fieber hatte, wurde sie in die Obhut des Oberarztes gegeben, welcher speziell für seine Kenntnisse und Fähigkeiten im Bereich der Lungenheilkunde bekannt, ja sogar fast berühmt war. Der Storchendoktor und er besprachen Annemaries »Fall« über eine Stunde lang. Geplant war, sowohl im neurologischen als auch im pulmologischen Bereich weitere Untersuchungen zu machen.

Meinen ersten Kampf vor Ort kämpfte ich mit dem Oberarzt. Ich brauchte seine Bestätigung, dass meine Begleitung im Krankenhaus medizinisch indiziert war, ansonsten hätte ich mein kleines Mädchen dort allein lassen müssen. In den Neunzigern galten da noch verdammt harte Regeln. Da waren Eltern als Begleitpersonen eher die Ausnahme. Aber wenn es um die Kinder geht, konnte und kann ich sehr überzeugend sein. Also gewann ich den Kampf. Der Oberarzt sah ein, dass meine Anwesenheit im Krankenhaus unumgänglich ist. Ich bekam meine Bescheinigung und bezog mit Annemarie ein zirka zwei Mal zwei Meter großes »Räumchen«. Darin befanden sich ein Kinderbett, ein Stuhl und eine durchgelegene Campingliege. Ansprüche sollte ich keine stellen, also verhielt ich mich ruhig. Das war der Deal.

Damals gab es immer noch keine Handys, sodass die Kommunikation nach außen sowohl schwierig als auch teuer war. Ich kaufte mir eine Telefonkarte und konnte damit von einem im Stationsgang angebrachten Telefon alle wichtigen Gespräche führen. Bei meinem Arbeitgeber meldete ich mich auf unbestimmte Zeit ab. Ich danke heute noch meinem Chef für dieses unendliche Verständnis und die beruhigende Sicherheit, die er mir vermittelt hat. Ich sprach mit Thomas, der wieder irgendwo unterwegs war und mich erst am Wochenende unterstützen konnte. Ich sprach mit meinen Eltern und meiner Schwiegermutter. Schließlich musste sich auch jemand um Becky kümmern.

Mittlerweile bohrte bei mir ohnehin schon das schlechte Gewissen, da Becky immer mehr zur Schwester wurde, zur Schwester einer Behinderten und Kranken, ohne eigene Identität. Es ist unheimlich schwer, gesunden Familienmitgliedern die gleiche Aufmerksamkeit zu widmen wie denen, die aufgrund ihrer Erkrankung mehr Fürsorge bedürfen. Man weiß um die Problematik und kann trotzdem nicht anders handeln.

Für Annemarie war die Welt im Krankenhaus in Ordnung. Solange es Regelmäßigkeit, ein Bett und Mahlzeiten gab, konnte sie so schnell nichts unterkriegen. Die fiebersenkenden Mittel schlugen an. EEG und CT brachten keine neuen Erkenntnisse, also blieb dem Storchendoktor und letztendlich uns nur übrig, die Medikation zur Behandlung der Epilepsie anzupassen. Die übliche Verfahrensweise war es, ein Zweitmedikament einzusetzen, natürlich ohne Anspruch auf Besserung. Eine Wahl hatten wir nicht, also fingen wir im Krankenhaus wieder mit dem »Einschleichen« an.

Unser Lungenarzt ordnete eine Lungenszintigrafie an. Mittels eines intravenös gespritzten, leicht radioaktiven Medikaments wird die Durchblutung der Lungenflügel auf einem Röntgenbild sichtbar gemacht. Das Ergebnis war niederschmetternd. Wegen der ständigen Infektionen hatte sich ein Großteil des Lungengewebes bereits in Bindegewebe umgewandelt, somit seine Funktion verloren. Die gute Nachricht war, dass diese Umwandlung rückgängig gemacht werden konnte. Die schlechte Nachricht war, dass es weiterer Untersuchungen und einer sehr langen Therapie bedurfte.

Ein Erlebnis der besonderen Art hatte ich, als ich aus Versehen ein Gespräch zwischen Oberarzt und Assistenzarzt belauschte. Ehrlich gesagt, war ich mir des Lauschens schon bewusst, aber angeschlichen hatte ich mich nicht. Ich war einfach zufällig am richtigen Ort. Der Assistenzarzt fragte etwas, was mich selbst brennend interessierte. Es ging darum, wieso bis zur nächsten notwendigen Untersuchung eine Woche sinnloser Krankenhausaufenthalt vergehen musste. Der Oberarzt erklärte es in etwa so: Eine Bronchoskopie ist eine sehr teure Untersuchung. Um die Kosten für diese Untersuchung wieder reinzubekommen, sind mindestens zehn Tage Krankenhausaufenthalt notwendig. Damals wurde noch rein nach Krankenhaustagessatz abgerechnet. So brachten zehn Tage Aufenthalt dem Krankenhaus einen Umsatz von zirka 7000 D-Mark. Und nur deshalb, wirklich nur aus diesem Grund, musste Annemarie eine weitere Woche auf Station »abliegen«, und ich war mit von der Partie.

Aber auch diese Woche verging und die Bronchoskopie war für den nächsten Tag angesetzt. Bei dieser Untersuchung werden im narkotisierten Zustand Erreger aus der Lunge gespült. Diese Erreger werden dann im Labor vermehrt und die Zusammensetzung bestimmt. So ist es möglich, die richtigen Antibiotika gezielt einzusetzen. Das Problem war nur, dass der OP-Saal für die Kinderstation erst ab Mittag zur Verfügung stand. Das heißt, meine Tochter sollte bis dahin nüchtern bleiben.

Undenkbar, das hatte es in ihrem Leben bis dahin nicht gegeben, und einem vierjährigen Kind kann man so etwas auch nicht im Guten erklären. Ich bat um eine Unterredung mit dem Oberarzt. Wieder einmal. Ich erklärte ihm die Situation und war auf seine Reaktion mehr als gespannt. Ich denke, dass ich mir seinen Respekt bereits verdient hatte, denn er reagierte äußerst positiv. Mit so viel Entgegenkommen hatte ich nicht gerechnet. Der Oberarzt löste das Problem rein mathematisch. Um zwölf Uhr ist die Operation, acht Stunden vorher darf nichts mehr gegessen und getrunken werden. Es sprach also nichts dagegen, morgens um vier Uhr zu frühstücken. Nach der Unterhaltung ging ich zu den Schwestern, um die Einzelheiten zu besprechen. Entrüstung. »So was hat es hier noch nie gegeben«, sagte die Schwester. Das war mir aber so was von egal. Mir ging es ausschließlich um das Wohlergehen meines Kindes. Also Pech für die Schwesternschaft.

Alles klappte wie besprochen, um vier Uhr gab es Frühstück und Annemarie aß es fast vollständig auf. Die Stunden bis zur OP überbrückten wir deshalb ohne Tränen und hilflosen Erklärungsversuchen einer Mutter an ihre kleine Tochter.

Von diesem Tag an hatten wir beide eine besondere Stellung auf dieser Station erobert. Vielleicht dachten die Schwestern, dass ich prominent sein musste. Oder sie hielten mich für eine Verwandte oder gute Bekannte des Oberarztes. Vielleicht hatten sie auch einfach nur Angst vor mir, weil ich so schrecklich überzeugend sein konnte. Die Gründe spielten letztendlich überhaupt keine Rolle. Auf das Ergebnis kam es an. Die leckersten Sachen wurden für Anni zu den Mahlzeiten zurückgelegt und auch sonst wurden wir offensichtlich bevorzugt behandelt.

Am kommenden Wochenende wechselten Thomas und ich unsere Plätze. Er zog für 48 Stunden ins Krankenhaus ein und ich aus. Ich wollte meine Tochter Becky auf eines ihrer Volleyballturniere begleiten. Das war das Mindeste, was ich für sie tun konnte. Es war ein schönes Wochenende abseits des Krankenhausalltags, und ich weiß heute noch, dass Becky mit ihrer Mannschaft überaus erfolgreich war.

Zurück auf Station kam die nächste Woche und mit ihr der nächste Tiefschlag. Das Ergebnis der Untersuchung war da. Zur Behandlung sollte unsere Tochter mindestens drei Monate Antibiotika nehmen. Das war aber nicht alles. Zur Verbesserung des Allgemeinzustandes und um weitere Ansteckungsgefahren zu minimieren, sollte sie in der gesamten Zeit nicht den Kindergarten besuchen.

Das war hart. Nun brauchten wir Hilfe. Wie bereits erwähnt, waren Thomas und ich beide berufstätig und mussten dies auch zur Absicherung des Kredites ohne Wenn und Aber bleiben. Aber wie so oft in meinem Leben konnte ich mich in Krisensituationen hundertprozentig auf meine Eltern verlassen. Sie waren ja auch nicht mehr die Jüngsten und die Betreuung einer Vierjährigen stellt schon eine gewisse Herausforderung dar, noch dazu mit dieser Behinderung in Zusammenhang mit dem Anfallsleiden. Sie stellten ihre Interessen zurück und übernahmen die Betreuung.

Ansonsten ging es zwischen Hoffen und Bangen weiter, erst mal zu Hause und tagsüber bei Oma und Opa. Wir hatte so viel Angst, Angst, die Kontrolle vollständig zu verlieren. So vergingen die Wochen bis Weihnachten, das Antibiotikum schien anzuschlagen und das neue Antiepileptikum ebenfalls.

Das neue Jahr stand vor der Tür und im Nachhinein betrachtet, wäre es besser gewesen, wenn es draußen geblieben wäre.

2. Januar 1998

Ich musste gleich im neuen Jahr wieder arbeiten, während Thomas mit den Kindern noch zu Hause war. Mein Telefon am Schreibtisch klingelte, es war mein Ehemann.

Nein, ich konnte und wollte es nicht glauben. Annemarie hatte wieder einen Anfall gehabt. Thomas hatte ihr Diazepam gegeben und somit erst mal alles richtig gemacht. Sie schlief jetzt. Und nun? Ich rief den Storchendoktor an und wie immer war er sofort für mich zu sprechen. Und wieder sollten wir gleich hinkommen. Wieder Station, wieder ein neues Medikament. Ich war es so leid. Aber was sollte werden? Eine andere Chance hatten wir nicht.

Diesmal hatten wir aber einen ganz widerlichen Assistenzarzt in der Klinik. Ich bekam am zweiten Tag des stationären Aufenthalts eine sehr schmerzhafte Ohrenentzündung und wagte es, den Arzt darauf anzusprechen. Ich war ja nicht der Patient, versteht sich. Er sagte, »dann müssen Sie wohl mal zum Arzt gehen«, und ließ mich stehen. Arschloch! Ich weiß, ich weiß, so etwas darf man nicht sagen, ändert aber an dem Fakt gar nichts. Die nette, mir bereits bekannte Krankenschwester gab mir heimlich eine Paracetamoltablette, die auch sofort Besserung brachte. Aber nur körperlich. Meine psychischen Querelen wurden dadurch nicht geheilt.

Die emotionale Belastung kann man nicht wirklich beschreiben, ich versuche es trotzdem einmal: Bei dieser Krankheit namens Epilepsie kann man als naher Angehöriger wirklich verrückt werden. Man guckt sein Kind dauernd an und bei jeder kleinsten Bewegung erschrickt man. Alles sieht irgendwie aus, als würde gerade ein Anfall beginnen. Es gibt keine guten Momente mehr, weil man selbst in den guten Momenten die schlechten sieht.

Mit einer neuen Paarung, erstes Medikament blieb, das zweite wurde ausgetauscht, wurden wir wieder nach Hause geschickt. Neue Hoffnung, neue Ungewissheit, neue Angst. Ein weiteres Problem kam hinzu. Wie schon erwähnt, hatte mein Chef sehr, sehr viel Verständnis für meine angespannte Situation. Er sorgte dafür, dass ich mir wegen meines Jobs keine Sorgen machen musste, zumindest insoweit, wie er Einfluss darauf hatte. Und das hatte er leider nicht immer.

Ich hatte einen fachlichen Vorgesetzten bei der Regionaldirektion. In dessen Welt waren die Rollen klar verteilt. Mutter mit Kind gehört an den heimischen Herd. Noch dazu in einer schwierigen Situation wie bei mir. Eine Führungskraft muss zweihundertprozentig einsatzfähig sein. Störfaktoren durfte es nicht geben. Nun sollte es im Januar einen Neujahrsempfang am Sitz der Direktion geben. Mein Fachvorgesetzter wollte das mit einer Tagung verbinden. Ich hatte am Tag zuvor gerade mit Annemarie das Krankenhaus verlassen und war zur Pflege des Kindes noch weiter krankgeschrieben.

Mein Telefon zu Hause klingelte. Am Apparat war ein Kollege der Regionaldirektion, der normalerweise obrigkeitshörig und fürchterlich ängstlich war. Aber er war auch ein herzensguter Mensch. Er nahm all seinen Mut zusammen, um mich mit diesem Anruf regelrecht zu warnen. Er erklärte mir, dass sein Chef, mein Fachvorgesetzter, mich ins Messer laufen lassen wolle. Er hatte öffentlich bekundet, dass er sich für meine Ablösung stark machen wolle, wenn ich zu dem Termin nicht erscheinen würde. Wer in leitender Position wäre, dürfe durch so etwas wie Familie nicht an seiner Arbeit gehindert werden. Ich dankte dem Anrufer, organisierte Annemaries Betreuung für den nächsten Tag und fuhr zu diesem Termin.

Der Typ, nennen wir ihn »verdammtes Miststück«, hatte mit meiner Anwesenheit nicht gerechnet. Damit hatte ich ihm alle Pläne bezüglich meines Abschusses zerstört. Was dann kam, war der Gipfel der Frechheit. Er begrüßte mich, sichtlich verlegen, und fragte: »Wie geht's denn ihrem Töchterchen?«

Unvorstellbar. Es hieß mal wieder, Zähne zusammenbeißen und durch. »Alles gut, danke der Nachfrage«, antwortete ich, ohne meine wahren Gedanken zu verraten. Ja, so ist das, solche Menschen gehören zu unserem Leben dazu und machen es nicht einfacher. Leider.

Von diesem Zeitpunkt an musste ich neben der Bewältigung all meiner Probleme auch noch Angst um meinen Arbeitsplatz haben. Solche Situationen kann man nur bewältigen, wenn man ein starkes, zuverlässiges Umfeld hat. Das hatte ich zum Glück. Familie, Freunde und Kollegen standen immer an meiner Seite.

Trotzdem musste ich Höchstleistungen vollbringen, musste besser sein als die vergleichbaren Kollegen. Die Ergebnisse meiner Arbeit mussten stimmen, und zwar immer. Ich durfte mir keinen Ausrutscher leisten, nicht einmal den kleinsten. Ich stand unter Beobachtung. Dessen war ich mir bewusst.

Irgendwann in diesem Winter lief ein Film über einen epilepsiekranken Jungen, für den es auch kein brauchbares Medikament zu geben schien. Ich glaube, der Film hieß »Solange es noch Hoffnung gibt«, und er passte in unser Leben, als würde er wegen uns ausgestrahlt. Der Junge hatte eine ideopathische Epilepsie, das heißt, es gibt keine erkennbaren körperlichen Ursachen für das Anfallsleiden. Bei Annemarie, so viel wussten wir unterdessen, waren die Vernarbungen in der zerstörten Hirnhälfte der Störfaktor oder besser gesagt der Auslöser.

Medizinisch war dem Jungen nicht zu helfen. Kein Medikament schlug bei ihm an. Die Mutter hörte dann von einer »ketogenen« Diät, die bei einigen Patienten zu helfen schien. Die Nahrungsumstellung fand in einer privaten Klinik statt. Die Diät fing an zu wirken, die Anfälle wurden kürzer und seltener. Zum Klinikaufenthalt gehörten Diätkochkurse für die Angehörigen. Apropos Diät, bis dahin hielt ich Diät für etwas »Fettarmes«. Da die Ketogene Diät auf fettreiche Kost zielt, um den Blutsäurespiegel hochzuhalten, lernte ich in diesem Zusammenhang auch die wirkliche Definition dieses Wortes kennen.

Auch wenn das alles gar nicht mit uns zu tun hatte, so hatte der Film doch seine Spuren bei mir hinterlassen. Zuallererst möchte ich hier erwähnen, dass die Hartnäckigkeit und die positive Einstellung der Filmmutter mir doch wieder etwas mehr Kraft zum Weiterkämpfen gab. Zweitens fing ich an, fettreicher zu kochen. Was nicht half, musste ja nicht unbedingt schaden. Und vielleicht half es ja doch. Zu verlieren hatten wir nichts.

Das Leben ging also weiter. In den Februarferien fuhren wir mit einer befreundeten Familie nach Dänemark in ein Urlauberdorf. Es war wirklich schön da, aber entspannen konnten wir uns nicht. Peinlichst achteten wir auf geregelten und ausreichenden Schlaf. Auf diese Weise kann man spontan überhaupt nichts mehr machen, muss alles genau strukturieren und durchplanen. Gefühlt war Annemarie ständig kurz vor ihrem nächsten Anfall und tatsächlich wahrscheinlich auch. Wir waren Spaßbremsen für unsere Freunde und für uns selbst.

Frühjahr 1998

Langsam begannen wir weitere Veränderungen bei Annemarie wahrzunehmen. Sie wirkte oft völlig abwesend. So, wie wir das mitbekamen, verstärkten sich diese Symptome zunehmend. Im März war es dann so weit. Es kam der nächste Anfall, diesmal etwas anders, eine neue Qualität. Es lief ungefähr so ab: Zuerst eine Phase der leichten Abwesenheit, dann den Kopf nach links weggedreht, irgendwas am Himmel scheinbar fixiert, dann die Zuckungen im Gesicht, Hand und Arm. Wir gaben Diazepam, der Anfall endete. So weit, so gut, nur diesmal konnte der Storchendoktor nicht mehr helfen. Seine Varianten waren aufgebraucht. Wir sollten Geduld haben.

Geduld ist eine Eigenschaft, die mir von der Natur nicht uneingeschränkt mitgegeben wurde, also fand ich diese Aussage noch furchtbarer, als alles, was bisher hinter uns lag. Der nächste Anfall folgte, der übernächste auch. Alle nach dem gleichen Muster. Wir nannten diese Form des Anfalls den »Sterngucker«.

Dann wurde es echt übel. Die Anfälle kamen in immer kürzeren Abständen. Manchmal nur als Sterngucker, ohne Zuckungen, manchmal mit. Wir stellten Parallelen zu Wetterlagen und Mondphasen her. Ich recherchierte beim meteorologischen Dienst. Dort hatte man keine Studien, die auf Zusammenhänge zwischen Wetter und Anfallsbereitschaft schließen ließen. Was hätte es uns auch geholfen? Schließlich konnten wir das Wetter nicht beeinflussen.

Weiter ging es mit den Anfällen. Die Anfälle kamen morgens, kamen mittags, kamen abends, manchmal auch in der Nacht. Es gab Anfälle im Kindergarten und Anfälle in der Obhut meiner Eltern. Alle beteiligten Personen mussten die Courage aufbringen, das Notfallmedikament einzusetzen, und auf alle konnten wir uns verlassen. Und trotzdem war diese Zeit die schwerste in unserem Leben. Wir waren so machtlos und ausgeliefert.

Wenn eine Kaltfront in Anmarsch war, fragten wir uns nicht, ob es einen Anfall geben wird, sondern wann. Der Mond hatte uns den Krieg erklärt. Je schöner und größer, desto heftiger der Anfall. Der Storchendoktor konnte weiterhin nicht helfen. Er hatte auch keine Erklärungen für die Zusammenhänge zwischen Kaltfront, Mond und Anfall, da auch ihm keine wissenschaftlichen Studien bekannt waren. Wenigstens glaubte er uns, auch wenn wir uns davon nichts kaufen konnten. Es ist nur so, dass niemand als Spinner und Fantast angesehen werden möchte. Man hätte uns ja durchaus Verfolgungswahn nachsagen können.

In diesen Monaten hetzte ich nach der Arbeit nach Hause. Warum? Ich musste meine Hausarbeit schnellstmöglich erledigen. Warum? Ich musste mit allem fertig sein, wenn mein Kind zu Bett ging. Warum? Ich ging ebenfalls ins Bett. Warum? Ich wollte mein Kind auf keinen Fall beim Schlafen stören. Warum? Störungen hätten Anfälle provozieren können. – War ich krank im Kopf oder nur verzweifelt?

Im August hatten wir das erste Mal in unserem kulturellen Leben Karten für die Störtebekerfestspiele auf Rügen. Die Vorfreude war groß. Wir waren eine ganze Truppe und so konnte das nur ein toller Abend werden. Aber auch dieser Tag lief völlig anders, als geplant. Nachdem Annemarie an diesem Tag gleich zweimal gekrampft hatte, gaben wir unser Vorhaben auf und blieben zu Hause bei unserem kranken Kind und unseren unlösbaren Problemen.

Oktober 1998

Wir hatten für die Oktoberferien eine Urlaubsreise nach Tunesien gebucht. Abflug sollte um 12:30 Uhr von Berlin-Schönefeld sein. Eine gute Zeit, um ein möglichst geringes Anfallsrisiko heraufzubeschwören. Prima geplant, nur können Flugzeiten verschoben werden und da Schönefeld außerhalb der Stadt liegt, darf man dort auch nachts starten und landen. Das war unser Fehler, das hatten wir nicht bedacht. Unser Flug wurde verlegt auf 03:00 Uhr, jetzt also die schlechteste aller denkbaren Zeiten. Hört sich echt hysterisch an, was ich da so von mir gebe, doch es kam genau so, wie ich es befürchtete und wie es kommen musste.

Annemarie bekam auf dem Flughafen einen Anfall und wir mussten das Diazepam einsetzen. Sie fiel dann wieder in ihren ohnmachtsähnlichen Schlaf und musste von uns durch die Sicherheitskontrolle getragen werden. Wir ernteten sehr skeptische Blicke vom Sicherheitspersonal. Wahrscheinlich sah das Ganze ein bisschen wie eine Entführung aus. Man verlangte von uns, dass wir Anni durch die Schleuse laufen lassen. Das war aber definitiv nicht möglich. Wir drehten einige Runden mit Erklärungsversuchen, dann ließ man uns passieren.

Bis zur Ankunft in Tunesien blieb Annemarie in ihrem bewusstlosen Zustand. So muss man doch keinen Urlaub beginnen, oder? Da ist man doch schon vor dem Beginn pappensatt. So war dann auch meine erste Amtshandlung in Tunesien, Kontakt mit der Reisegesellschaft aufzunehmen. Wir wollten sofort zurück, die Angst vor weiteren Ereignissen war zu stark . Unsere Bemühungen blieben erfolglos. Wir mussten da bleiben, weil es keine freien Flüge gab. Also versuchten wir, das Beste aus dem Urlaub zu machen.

Im Nachhinein staune ich immer wieder, wie viel schöne Fotos von schönen Erlebnissen es trotz alledem aus diesem Urlaub gibt. Ich weiß nicht mehr, wo wir die Energie getankt hatten, die wir brauchten, aber wir hatten sie offensichtlich. Der Urlaub war also trotz allem schön und bis auf einen Sternguckeranfall beim Spielen am Strand kamen wir für den Rest des Urlaubs ungeschoren davon. Selbst der Rückflug lief problemlos ab.

Im Winter wurden insbesondere die kleinen Anfälle immer häufiger. Man hatte schon fast das Gefühl, dass Annemarie in einer anderen Welt lebte, ständig abwesend. Sie fiel wegen der Bewusstseinstrübung durch die Anfälle hin, und das immer häufiger. Den Höhepunkt dieser dramatischen Zeit erlebten wir, als Anni kopfüber die Treppe hinunterfiel. Zum Glück ohne ernsthafte Verletzungen. Es wurde wieder Zeit, zum Storchendoktor zu fahren. Und der hatte diesmal eine Trumpfkarte für uns. Er hatte ein neues Zweitmedikament für Anni.

Frühjahr 1999

Wir hatten das alte Zweitmedikament ausgeschlichen und das neue eingeschlichen. Es vergingen ein paar Wochen voller Bangen, voller Hoffnung. Wir waren unsicher, aber offensichtlich wurde es wirklich besser. Wir konnten unser Glück nicht fassen, also warteten wir gespannt auf das nächste EEG.

Am Untersuchungstag fuhr ich mit Anni in die Sprechstunde. Ausgerechnet an diesem Tag wurde das EEG nicht im Bereich der Kinderambulanz geschrieben. Ich weiß nicht mehr warum. Man schickte mich mit Annemarie durch die gesamte Klinik. Ich sollte dann das ausgedruckte Protokoll mitbringen. Damals gab es noch ein Stück Papier zum Anfassen. Nach der Untersuchung begaben wir uns auf den Rückweg zur Kinderambulanz, aber meine Ungeduld war so groß, dass ich einen Moment auf einer Sitzreihe verharrte und die zusammengefalteten Aufzeichnungen des EEG auseinanderklappte.

Sicherlich fragt sich ein Außenstehender jetzt, was ich mir da anmaßte, aber mit der Zeit lernt man, ein gutes EEG von einem schlechten zu unterscheiden. Ich hatte in den vergangenen Jahren so einige gesehen. Das EEG in meiner Hand war nicht gut, es war perfekt! Ich hätte die Welt umarmen können, so glücklich war ich. Ich versuchte mir nichts anmerken zu lassen, als ich zurück beim Storchendoktor war. Mit großen Augen starrte ich ihn an und versuchte in seiner Mimik zu lesen. Dann bestätigte er meine »Diagnose«. Ich hatte richtig geguckt. Es war alles in Ordnung. Es gab für eine erhöhte Anfallsbereitschaft keine Anzeichen mehr.

Stille, tief durchatmen – und ein neues, besseres Leben konnte beginnen. Wir ignorieren die Tatsache, dass wir immer noch ein schwerbehindertes Kind mit völlig offenen Zukunftsaussichten hatten.

Sommer 1999

Dieser Sommer wurde ein Spitzensommer, keine Anfälle mehr, nur gute EEGs und die Angst schwand, schwand jeden Tag ein bisschen mehr, ließ uns langsam aber sicher aus ihren Krallen.

Im Juni flogen Thomas und ich mit unseren Freunden nach London. Die Kinder blieben bei meinen Eltern. Das hatten wir uns verdient, endlich mal ohne Sorge und Angst etwas erleben und die zurückgewonnene Freiheit genießen. Die Reise wurde ein voller Erfolg. Es begann schon mit dem Landeanflug. Eben noch in den Wolken waren wir plötzlich direkt über der Towerbridge. Ein wahnsinnig starkes Bild bot sich uns. In Filmen sieht die Brücke so langweilig aus, ist sie aber nicht. Sie strahlte in wunderschönen Farben, blau vorherrschend. Natürlich hatte unser sich in Genesung befindlicher psychischer Zustand viel Einfluss auf die subjektive Wahrnehmung. Wahrscheinlich sah alles strahlender aus als noch vor Wochen.

In der U-Bahn auf dem Weg zum Hotel trafen wir Deutsche, die es nicht für möglich halten konnten, dass wir nicht wegen des Rolling-Stones-Konzertes in London waren. Wir wussten nicht einmal, dass ein Konzert an »unserem Wochenende« geplant war. Egal, eh zu spät. Aber unsere neuen »Bekannten« belehrten uns eines Besseren. Die Stones würden an jedem Konzerttag zweitausend zusätzliche Karten am Konzertort verkaufen, erklärten Sie uns. Das weiß jedoch fast niemand. Unsere neuen Bekannten schon, denn sie folgten den Stones von Konzert zu Konzert durch die ganze Welt. Um die Sache vorwegzunehmen, der Tipp war goldrichtig. Wir bekamen die Karten am nächsten Morgen im alten Wembleystadion zum Ausgabepreis. Vor uns standen sage und schreibe nur drei Personen an. Auf dem Schwarzmarkt wurden die Karten bereits für den sechsfachen Preis gehandelt.

Das Konzert war dann nicht nur fantastisch, sondern auch das allerletzte Ereignis in diesem alten ehrwürdigen Stadion, bevor es abgerissen wurde. Es waren 70.000 Menschen da, und diese 70.000 begaben sich nach dem Konzert geordnet zur U-Bahn. Warum ich das erwähne? Ich war fasziniert. Niemand drängelte, niemand schubste. So etwas hatte ich in Deutschland bis dahin nie erlebt. Bei uns konnte man schon bei einem Zweitausend-Mann-Konzert in eine lebensgefährliche Situation geraten. Auf diesem Gebiet hatte ich schon einige Erfahrungen gemacht.

Es gab an diesem London-Wochenende ebenfalls die Geburtstagsfeierlichkeiten zu Ehren der Queen. Ohne dass wir eine Ahnung davon hatten, waren wir genau zu dieser Zeit am Buckingham Palast. Der NDR war auch dort und ich wurde interviewt. Das genaue Thema weiß ich nicht mehr, aber ich glaube, es ging um die Hochzeit des jüngsten Königsohnes. Da erwischte die Journalistin die falsche Person. Royaler Tratsch hat mich noch nie interessiert. Ich gab mein bestes und tat so, als hätte ich Ahnung von der Materie. Die anschließende Parade war aber schön, protzig und in jedem Fall sehenswert.

Außerdem gab es zufälligerweise an diesem Wochenende ein ATP-Tennisturnier im Londoner Queensclub. Wir leisteten uns Karten für die Halbfinals, und ich konnte die damalige Nummer eins, Pete Sampras, live sehen.

Die gesamte Atmosphäre dort zwischen den »Lachsessern« war für uns wirklich etwas Einzigartiges. Als Jugendliche hatte ich selbst Tennis gespielt, hatte es aber nur in die Vorrunde der Nationalen Meisterschaft gebracht. Trotzdem war dieser Sport für mich eine Leidenschaft und ist im Allgemeinen für Zuschauer sehr attraktiv. Das Interessanteste an diesem Nachmittag war für mich aber die Professionalität des Helferpersonals. Kaum begann es aus dem Himmel zu tropfen, kam eine ganze Helfermannschaft und zog Folie über den empfindlichen Rasen. Nach einer knappen halben Stunde Unterbrechung wurde das Publikum darüber informiert, dass der Regen laut Informationen des Wetterdienstes um 16:22 Uhr endet und das Turnier dann umgehend fortgesetzt wird. Ich konnte nicht glauben, was ich da hörte. Nicht halb fünf, nein, auch nicht in etwa 15 Minuten, sondern präzise auf die Minute genau war die Vorhersage und präzise auf die Minute hörte es auf zu regnen. Ich kam mir vor wie in der großen weiten Welt. Da wir uns in London befanden, einer der lebendigsten und weltoffensten Städte dieses Planeten, war meine Empfindung wahrscheinlich gar nicht so verkehrt.

Eine Stadtrundfahrt mit Tower und Wachsfigurenkabinett, inklusive Besichtigung des Gruselkabinetts, sowie ein Ausflug durch den Haymarket komplettierten diese Reise. Ein willkürlich gebuchter Urlaub, ohne Pläne, der so viele Überraschungen und außergewöhnliche Momente brachte. Das ist doch faszinierend.

Einmal riefen wir bei meinen Eltern an, aber es war alles bestens. Noch einmal tief durchgeatmet und wem auch immer gedankt.

Herbst 1999

Auch Spitzensommer gehen einmal zu Ende. Die neue, bessere Situation aber blieb. Es wurde alles etwas entspannter, der Alltag, die Kindergartenzeit, die Feste, wie Weihnachten und Fasching. Ja, die Feste waren bis dahin immer eine besondere Bedrohung. Wegen der abweichenden Tagesabläufe und den aufregenden Momenten bildeten sie oftmals den Nährboden epileptischer

Anfälle. Da standen wir jetzt drüber, das war nicht mehr unser Thema und sollte es auf keinen Fall wieder werden.

Aber das Wichtigste an unserem neuen Leben war, dass wir Becky wieder deutlich mehr Aufmerksamkeit widmen konnten. Ich hing mich richtig rein in ihre Volleyballkarriere. Jedes zweite Wochenende waren wir im Land unterwegs. Ich wurde ein echter »Ehrenamtler«, genauso, wie man ihn aus Filmen kennt. Ich fuhr die Kinder mitsamt Trainerin zu den Wettkämpfen. Das war jedoch alles andere als einfach. Ich musste des Öfteren einen Kleinbus fahren, was für mich eine echte Herausforderung bedeutete. Sagen wir mal so, der mutigste Fahrer und der beste Einparker war ich definitiv nicht. Außerdem gab es damals keine Navigationsgeräte, sodass wir das eine oder andere Mal bei der Zielsuche länger als geplant umherirrten. Es gab auch Turniere mit Übernachtung in Schulen, Schlafen auf Luftmatratzen. Auch das machte mir nichts aus, im Gegenteil, es hatte einen Hauch von Freiheit, den ich so lange schmerzlich vermisst hatte.

Mein Engagement für Becky und ihren Sport wurde aber nicht von jedem geachtet beziehungsweise verstanden. So gab es in unserer Verwandtschaft immer wieder Stimmen, die mir vorwarfen, ich würde zugunsten von Becky, Annemarie vernachlässigen. Dabei versuchte ich nur nachzuholen, was ich in den vergangenen Jahren versäumt hatte. Wie man es macht, macht man es sowieso falsch. Zusätzlich musste ich mich noch dem Spott der anderen Eltern von Beckys Mannschaftskameradinnen aussetzen. Ob ich an den Wochenenden denn nichts anderes zu tun hätte? Was für eine Frechheit! Ich kutschierte ihre Kinder und erntete dafür nichts als Hohn. Gut dass ich selbstbewusst genug war, diese Spötteleien ignorieren zu können.

Im Februar fuhren wir eine Woche nach Mallorca, auch das ohne Kampf und ohne Krampf. Dann kam noch ein schönes Frühjahr, ein prima Sommer und für Anni dann der Abschied vom Kindergarten. Vor uns allen lagen wieder neue Herausforderungen. Wie schwer diese werden würden, davon hatten wir nicht die leiseste Ahnung.

Spätsommer 2000

Für Annemarie begann Ende August die Schule. Zeit also, eine Standortbestimmung durchzuführen:

Annemarie war definitiv kein Pflegefall. Das Pflegegeld war schon vor zwei Jahren weggefallen, weil Annemarie durch unsere intensive Förderung zu selbstständig wurde. Den Preis nahmen wir gern in Kauf.

Annemarie hatte eine Hemiparese rechts, das heißt die rechte Körperhälfte wies deutliche Spastiken auf.

Die Epilepsie hatten wir im Griff.

Annis geistige Entwicklung schien nicht alterskonform zu sein. Dies war nicht mehr zu übersehen und das sollte uns in den kommenden Jahren deutlich tiefer beschäftigen.

Die Einschulung wurde, wie alle Ereignisse in unserer Familie, gebührend gefeiert. Falls ich mich richtig erinnere, gab es Spanferkel. Wir hatten Annemarie die Haare ganz kurz schneiden lassen, extra zum Schulanfang. Mit etwas Gel im Haar und Nickelbrille sah sie aus wie ein kleiner Professor. Wie der Schein doch trügen konnte. Annis Klassenlehrerin war auch schon Beckys Lehrerin. Also alles bestens, so dachten wir und irrten uns.

Schnell wurde klar, dass Anni enorme Schwierigkeiten hatte, den Anforderungen gerecht zu werden. Wir investierten sehr viel Zeit und Mühe, um unsere Tochter auf dem Laufenden zu halten und so zu verhindern, dass sie schon frühzeitig den Anschluss verlor. Selbst in unserem Urlaub im Oktober in Tunesien musste sie Buchstaben und Zahlen schreiben. Ich weiß noch, dass eine Urlauberin darauf aufmerksam wurde und sich über die schöne Handschrift gefreut hatte. Sie konnte ja nicht wissen, dass es sich nur um den Anfang eines endlosen und verzweifelten Widerstandes gegen das Offensichtliche handelte.

Der Urlaub selbst war schön und erholsam. Wir feierten dort Annemaries siebten Geburtstag mit Torte und Wunderkerzen. Das war der erste von vielen Geburtstagen im Ausland. So ist das, wenn man im Herbstferienzeitraum geboren wurde und die Familie gern vor dem Winter noch einmal Sonne tanken will.

Zurück zur Schule. Das erste Schuljahr verlief, wie es verlaufen musste, also nicht so, wie wir es uns erhofft hatten. Wir kämpften und kämpften und übten und übten. Trotz alledem konnte Annemarie dem Unterricht einfach nicht folgen. Im Frühsommer des darauffolgenden Jahres kapitulierten wir. Wir kamen mit der Schulleitung überein, dass Annemarie das Schuljahr wiederholen musste. Also das Ganze noch einmal von vorn.

Wir glaubten an ein erfolgreiches Schuljahr, denn Annemarie hatte ja schon einen Vorsprung den anderen Kindern gegenüber, die erstmals ihre Füße über die Schwelle der Schule setzen würden. Sicherheitshalber nahmen wir die Schulsachen mit in unseren Sommerurlaub nach Schweden. Wir nahmen uns vor, jeden Tag eine gewisse Zeit zu üben, um noch mehr Vorsprung rauszuholen. Ganz schön dämlich, diese Vorstellung. Aber Eltern sind so. Sie reden sich alles schön und basteln ständig an ihrem eigenen Kartenhaus.

Juli 2001

Wir machten Urlaub in Schweden, vorweggenommen: Dieser Urlaub geht in unsere Geschichte ein als der erholsamste in unserem Leben. Ich weiß noch, dass mein Onkel aus dem Ruhrgebiet vor diesem Urlaub sagte: »Warum fahrt ihr denn nach Schweden? So viel Landschaft und Ruhe habt ihr doch auch bei euch zu Hause.« Falsch, völlig falsch! So viel Ruhe hatte ich nie vorher und auch niemals später in meinem Leben.

Wir hatten ein Häuschen im Wald am See. Insgesamt standen da nur drei Häuser. Eins bewohnten wir, eins wurde nur am

Wochenende bewohnt und eins stand komplett leer. Es gab außer Vogelgezwitscher gar keine Laute. Es war so ruhig, dass wir innerhalb kürzester Zeit herunterfahren konnten. Wir schliefen jeden Tag etwas länger. Angefangen mit acht Stunden waren es bald zehn pro Nacht. In der letzten Nacht vor unserer Abfahrt waren es zwölf Stunden Schlaf. Fotos beweisen den positiven Einfluss. Am Ende des Urlaubs sahen wir aus, als hätten wir ein ganzes Jahr Auszeit genommen, als wären wir auf einer einsamen Insel gewesen.

Wir machten Spaziergänge durch Schwedens Moränenlandschaft und ruderten mit unserem Boot über den See. Vor allem wollten wir angeln. Ausgerüstet waren wir. Die Angelkarte hatten wir gekauft. Es konnte losgehen. Es gab nichts, rein gar nichts, was gegen einen reichlichen Fang sprach – nur die Realität. Was für ein Fiasko. Für über 100 D Mark kauften wir immer wieder und wieder neue Blinker, die wir allesamt zwischen den Eiszeitsteinen im Wasser verloren. In 14 Tagen gab es nur einen einzigen erfolgreichen Angeltag. Zuerst biss ein Krebs auf einen Wurm an einer Stippangel. So was gibt es eigentlich im normalen Leben gar nicht. Ich zumindest habe noch nie von einem Krebs am Haken gehört, von dem wir ihn auch nicht wieder abkriegten. Im Anschluss angelten wir dann aber doch vier kleine Barsche, und das in kürzester Zeit.

Nun hatten wir ein paar Luxusprobleme. Wer putzt die Fische? Wer nimmt sie aus? Und wer bereitet sie zu? Thomas und ich hatten beide keine Ahnung. Der Klügere gibt nach, also fing ich an, die Barsche zu schuppen. Wer das noch nie getan hat, hat auch keine Ahnung von der enormen Verletzungsgefahr bei dieser Tätigkeit. Ich lernte diese Lektion schnell. Zack, abgerutscht, Rückenflosse in den Finger gepiekt. Wir Frauen sind ja hart im Nehmen. Also ließ ich mir nichts anmerken und brachte den Dreck zu Ende. Ausnehmen war einfacher, braten noch mehr, je fünf Minuten von rechts und von links. Lecker hat es geschmeckt. Es blieb leider unser einziger Fang.

Ansonsten war es einfach nur herrlich in diesem Land der scheinbaren Unendlichkeit. Wir fanden einen tollen Strand zum Baden. Wir kauften im größten Ikea-Markt Europas ein. Und wir fuhren nach Vimmerby in Astrid Lindgrens Welt. Dort verbrachten wir einen tollen Tag mit Pippi Langstrumpf und Michel.

Wir fanden eine traumhafte Minigolfanlage, die von einem ehemaligen schwedischen Profigolfer betrieben wurde. Die Eintrittspreise dort waren so niedrig, dass wir öfter dort hinfuhren. Angrenzend gab es ein Freilandkaffee in einem Birkenwäldchen. Das war so romantisch, dass einem die Worte fehlten. Einfach nur bezaubernd.

Wir fuhren über die Lande und genossen die Hügel, die Seen und Wälder und das Schwedenrot der Häuser. An einem Samstag hielten wir an einer freistehenden, großen Kirche. Dort gab es einen großen Menschenauflauf und offensichtlich war das schwedische Fernsehen mit von der Partie. Die Neugier siegte, wir mischten uns unter die Menge. Ich sprach eine junge Kamerafrau an, immer noch auf der Suche nach einer Erklärung für diese Ausnahmesituation. Die bekamen wir dann auch. In dieser Kirche würden in wenigen Minuten drei Geschwister ihre jeweiligen Partner heiraten.

Wow, da mussten wir dabei sein. Wir betraten die Kirche und setzten uns im hinteren Teil der Empore auf die Bank. Das Gute an einer Dreifachhochzeit ist, dass sich die Gäste unmöglich alle kennen konnten. Dazu waren es einfach zu viele verschiedene Familien. Wir genossen die Zeremonie, auch wenn einige musikalische Einlagen dazu geeignet waren, die Trommelfelle zu ärgern. Aber live ist eben live. Die Organistin hatte auch noch verdammte Ähnlichkeit mit Angela Merkel. Ein Spaß mehr an diesem Tag. Wir widerstanden der Versuchung, den Empfang auch noch zu besuchen. Da waren wir dann doch zu feige. Ich bin aber relativ sicher, dass das ohne Probleme möglich gewesen wäre.

Irgendwann in diesem Urlaub besuchten wir noch eine Freizeitwesternstadt. Dort konnten wir einen Zugüberfall live miterleben, Schießen üben und an einem Bach Gold waschen.

Das waren wirklich fantastische Ferien, bei denen wir die täglichen Schulübungen schnell vergessen hatten. Es hätte sowieso nichts genützt.

Spätsommer 2001

Annemarie wurde nicht neu eingeschult. Das geht nämlich formal nicht, aber sie begann von vorn. Die neue Klassenlehrerin wurde sehr schnell zu meiner Erzfeindin. Sie hatte so viel Einfühlungsvermögen wie ein Panzerkreuzer. Sehr schnell hatte sie sich unwiderruflich entschieden. Annemarie gehört auf eine Förderschule. Das wollten und konnten wir nicht akzeptieren. Also wurde weiter geübt. Zusätzlich zu unseren Anstrengungen meldeten wir Annemarie in einem Lerninstitut an. Das kostete sehr viel Geld, war megaaufwendig wegen der weiten Hin- und Rückfahrt, aber es waren völlig neue Lernansätze, und die mussten einfach den Durchbruch bringen.

Es ging tatsächlich vorwärts, aber der Durchbruch wurde es nicht. Annemarie schaffte das Klassenziel. Auch ohne Noten war zu erkennen, dass sie sich am unteren Rand des Leistungsspektrums der Klasse befand. Wir nutzten den Sommer noch für einen Intensivkurs an dem Institut und hofften auf ein besseres zweites Schuljahr.

Vielleicht sollte ich an dieser Stelle einmal erklären, warum wir offensichtlich so verbohrt waren, wenn es um die schulische Ausbildung ging. Man muss sich zu diesem Zwecke über Annemaries beruflichen Möglichkeiten einen Überblick verschaffen, und die sahen so aus:

Akademische Berufe entfallen restlos, da kein Studium ohne Abitur möglich ist und ein Abitur deutlich außer Reichweite liegt.

Handwerkliche Berufe entfallen ebenfalls restlos, da kein Handwerk mit halbseitiger Lähmung ausgeführt werden kann.

Hilfsarbeiter wäre möglich, aber man kann davon kaum leben und die Angebote sind in der Anzahl deutlich begrenzt.

Was bleibt dann noch übrig? Es musste unser Ziel sein, Annemarie für einen soliden Ausbildungsberuf, möglichst im Büro, fit zu machen. Und genau deshalb gaben wir nicht auf, zumindest noch nicht zu dieser Zeit.

Herbst 2001

In diesem Herbst tat sich eine neue Baustelle auf. Annemaries Gangbild verschlechterte sich stetig. Trotz orthopädischer Schuhe und maßangefertigter Nachtschienen, verstärkte sich die Spastik im rechten Bein. Die Sehne verkürzte sich und der muskuläre Umbau zu einem »Spitzfuß« nahm seinen Lauf.

Wie bereits erwähnt, ließen wir nichts aus, was eine Chance auf Besserung bringen konnte. Wir hatten Glück, was man bekanntlich ja auch ab und an mal braucht. Der Meister der orthopädischen Werkstatt, bei der wir gerade wieder eine neue Nachtschiene machen lassen mussten, war gerade von einem Kongress zurückgekehrt. Dort hatte man eine Weltneuheit vorgestellt. Ein Orthopädiemeister aus Gießen hatte in Zusammenarbeit mit der medizinischen Fakultät der Universität Gießen und ortsansässigen Physiotherapeuten Schuheinlagen entwickelt, die genau unserem Problem entgegenwirken sollten. Es handelte sich um sogenannte propriozeptive Einlagen, die durch Stimulanz bestimmter Punkte an den Sohlen Veränderungen im Gehirn bewirken konnten. Die Spastik ist zwar in den Gliedmaßen, hat aber ihren Ursprung im Gehirn.

Die Idee gefiel uns, sehr sogar. Wir wollten das Thema angehen, aber einfach war das nicht. Gießen liegt nicht um die Ecke, aber das war unser kleinstes Problem, denn schließlich konnten wir es allein lösen. Schwieriger wurde es bei einem anderen Thema. Wir brauchten ein Rezept. Annemaries Orthopäde weigerte sich. Er sprach zwar nicht von Hexenwerk, meinte aber genau das. Die orthopädischen Schuhe, die er jahrelang verschrieb, kosteten damals 1500 Mark, die Einlagen nur einen Bruchteil davon.

Es halfen keine Argumente, wir brauchten einen anderen Arzt, einen Arzt, der sich traute, neue Wege zu beschreiten, und wir fanden diesen Arzt. Das war ein großer Erfolg und der Schritt in die richtige Richtung. Mit einem Rezept in der Hand machten wir uns auf den Weg zu meiner Freundin in die Pfalz. Nach Gießen kommt man nicht an einem Tag hin und zurück, also verbanden wir das Ganze mit einem Kurzurlaub.

Der Termin in der orthopädischen Werkstatt war telefonisch für den Vormittag unserer Heimfahrt geplant. Es klappte alles, wie abgesprochen, und für die Anfertigung der Einlagen wurden Abdrücke genommen. Wir fuhren mit dem Wissen nach Hause, dass wir zur Anprobe diese Strapazen noch einmal auf uns nehmen mussten. Irgendwann war auch das erledigt und Anni hatte eines der ersten Paare von propriozeptiven Schuheinlagen auf der ganzen Welt.

Hat es etwas gebracht? Oh ja, das kann man wohl behaupten. Der Verschlechterungsprozess endete abrupt und innerhalb weniger Wochen waren enorme Fortschritte zu erkennen. Spastik ist Spastik und auch nicht zu ändern, aber Humpeln ist noch eine andere Nummer und aus dieser war Annemarie vorerst raus. Wer nicht wusste, dass sie behindert war, merkte es nicht mehr, zumindest nicht auf den ersten Blick. Medizinisch gesehen war das der größte Erfolg, den wir einzig und allein unserer Beharrlichkeit zu verdanken hatten.

Schuheinlagen wachsen nicht, Kinder schon. Aber der Fortschritt war nicht aufzuhalten. Bereits das nächste Paar konnten wir bei einem ortsansässigen Vertragspartner der Gießener Werkstatt in Auftrag geben.

Winter 2002 / 2003

In jenem Winter gab es ein weiteres Projekt, was wir unbedingt angehen mussten. Wir wohnten und wohnen noch immer in einer wasserreichen Gegend. Wer hier lebt, muss schwimmen können. Das galt auch für Annemarie.

Bei Becky war das alles ganz einfach gewesen. Ein Nachmittag im Schwimmbad im Alter von fünf Jahren und die Angelegenheit war Geschichte. Natürlich waren wir uns vorher im Klaren, dass das Schwimmen lernen für Anni eine besondere Herausforderung sein würde. Eine Schwimmhalle in der Nähe bot Schwimmkurse an. Nur zur Erklärung: Auf dem Lande hat »in der Nähe« eine andere Bedeutung als im städtischen Raum. Die Entfernung betrug knapp 30 km. Eine andere Möglichkeit gab es nicht.

In der Regel brauchten die Schwimmschüler zehn Stunden. Danach wurde die Prüfung zum Seepferdchen gemacht. Annemaries Schwimmlehrer war ein sehr netter und sehr attraktiver junger Mann. Er hatte ein bisschen etwas von einem griechischen Gott. Annemarie konnte das gar nicht beeindrucken. Der Lehrer war ein Mann und fiel deshalb durch ihr Raster. Bis zu diesem Zeitpunkt wurden Männer, abgesehen von Papi und Opa, komplett abgelehnt. Zwei Stunden lang gab sich der Bademeister die größte Mühe, aber Anni machte dicht. So kamen wir nicht weiter.

Zum Glück gab es dort auch eine Schwimmlehrerin namens Tante Hanna. Sie bekam nicht nur alle schwierigen Fälle, nein, sie löste sie auch. Anni war sofort einverstanden und motiviert. Dennoch wurde es ein langwieriger Prozess. Unsere Tochter benötigte mehr als die doppelte Anzahl von Stunden. Egal. Als der Winter dem Ende entgegenging, bestand Anni die Prüfung zum Seepferdchen. Damit war ein weiterer Meilenstein geschafft. Ein Kind, das nie laufen lernen sollte, konnte jetzt auch schwimmen.

Frühjahr 2003

Das zweite Schuljahr neigte sich dem Ende zu und Annemaries Leistungen wurden nicht besser. Mit einem überdimensionalen Aufwand schafften wir es, ihre Noten im tieforangen Bereich zu halten. Jede Klassenarbeit wurde strukturiert und fleißig vorbereitet. Bei Annemarie wurden Muster eingeschliffen, die selbst sie in die Lage versetzten, jeweils mindestens eine Vier für ihre Leistung zu erhalten. Das alles war für uns als Eltern und für Annemarie gleichermaßen eine Quälerei.

Auf der anderen Seite schulten wir Annemaries Gedächtnis offensichtlich so intensiv, dass ihre Gedächtnisleistung phänomenal wurde. Beim Memoryspielen konnte ihr niemand das Wasser reichen. Anni spielte oft und mit vielen unterschiedlichen Gegnern. Es hatte niemand eine Chance gegen sie. Da wir über ausreichend Spiele verfügten, handelte es sich auch nicht ständig um die gleichen Bildchen. Nein, es waren mindestens fünf Spiele mit je 64 Kartenpärchen, also in jedem Fall eine enorme Leistung.

Eine ähnliche Geschicklichkeit erreichte sie beim Puzzeln. Im gleichen Maße wie sie selbst wuchs, so wuchs auch die Anzahl der Teile je Spiel und damit der Schwierigkeitsgrad. Mit Geduld und dem echten Auge fürs Detail widmete sie sich diesen Herausforderungen und vollbrachte dabei wahre Wunder.

Ungefähr zu dieser Zeit begann sie auch damit, sich Details in unserem Umfeld zu merken, die bei uns Eltern wegen mangelnder Priorität untergingen. So nannten wir sie spaßhaft den »Polizisten« in unserer Familie, wenn sie Papa ermahnte, sich anzuschnallen, oder darauf hinwies, dass die Mülltonnen an die Straße müssen. Sie erinnerte uns an notwendige Absprachen, die wir irgendwann mal erwähnt hatten, und schrieb Merkzettel. Auch wenn man nicht alles Geschriebene entziffern konnte, so waren sie uns oft eine Hilfe. Wer auch immer irgendein Ereignis oder sonst etwas vergessen hatte, Annemarie konnte ihm auf die Sprünge helfen.

In den folgenden Jahren sollte dieses Verhalten immer merkwürdiger werden. Wir haben es nie medizinisch abklären lassen, aber sie wirkte ein wenig wie ein Autist. Veränderungen stellten Probleme dar. Abweichende Abläufe mussten vorher besprochen werden. Es ist heute noch so, dass alle im Regelablauf unseres Alltags veränderten Prozesse möglichst lange vorher besprochen und erklärt werden müssen. Spätestens nach Ostern müssen wir über das Weihnachtsfest reden und Ihren Geburtstag plant sie Monate vorher.

Apropos Geburtstagsfeier. Anni durfte einmal sieben Kinder einladen. Zusammen mit ihr waren es dann acht und Thomas und ich konnten alle Teilnehmer in zwei Autos von A nach B bringen. Wir machten also wunderschöne Einladungskarten am Computer und unsere Tochter entschied sich für sieben Mädchen. Alle sollten sich zu einem Treffpunkt bringen lassen. Von da sollte es weitergehen zum Bowling mit anschließendem Kinobesuch.

Nun ist aber Folgendes passiert. Ein Mädchen war zickig und sagte ihre Teilnahme ab. Annemarie reichte die Einladung umgehend an einen Jungen weiter. Der freute sich und sagte zu. Das zickige Mädchen nahm ihre Absage wieder zurück und entschied sich, doch mitzukommen. Von alledem hatten wir keine Ahnung. Thomas und ich standen am Treffpunkt und hatten einschließlich unserer Tochter mit einem Mal neun Kinder da und keine Chance, alle mitzunehmen. Es waren nicht mehr Plätze vorhanden, und verantwortungsvoll wie wir waren, machten wir auch keine verkehrswidrigen Sachen. Der Junge fuhr weinend mit seiner Mutter nach Hause. Es tat uns in der Seele weh. Wir arrangierten ein paar Wochen später einen neuen Bowling- und Kinotermin und nahmen Annis kleinen Freund mit. Ich weiß, dass man eigentlich das zickige Mädchen hätte dalassen müssen, aber sie wäre nicht mehr nach Hause gekommen, weil ihre Eltern schon fort waren. Das Leben ist ungerecht.

Sommer 2003

Das Endjahreszeugnis brachte keine Überraschungen. Annemarie erhielt in allen wesentlichen Fächern eine »Vier« und wurde in die dritte Klasse versetzt. Diese Versetzung war nicht mehr als eine Galgenfrist, und das wurde uns immer mehr bewusst. Die schriftliche Beurteilung ließ keinen Zweifel daran, dass Annemarie dem Unterrichtsverlauf kaum noch folgen konnte. Unsere Zuversicht schwand und unsere Energie schien sich langsam aufzulösen.

In den Sommerferien machten Thomas und ich mit unseren Freunden ein paar Ausritte vom nahegelegenen Reiterhof aus. Das machte wirklich Spaß und für mich erfüllte sich ein Kindertraum. Solange ich denken konnte, wollte ich reiten lernen, hatte aber nie die Gelegenheit dazu. Aber wir waren uns auch unserer besonderen Verantwortung bewusst. Annemarie gehörte aufs Pferd, aus therapeutischen Gründen. Das war ja nichts Neues, denn in früheren Jahren hatten wir dies ja bereits praktiziert. Der Reiterhof hatte natürlich auch Ponys, also wurden die Spaziergänge auf dem Pferderücken wieder regelmäßiger.

Annemarie hatte nicht nur Spaß an der Sache, sondern scheinbar einen besonderen Draht zu Pferden. Zu allem Überfluss schien sie auch noch ein Talent für das Reiten mitzubringen. Warum also nicht noch einen Schritt weitergehen? Annemarie bekam nun regelmäßig Reitunterricht. Wir dachten, dass es auch ihr Selbstbewusstsein steigern könnte, wenn sie nicht nur im Schritt gehen, sondern mit dem Pony vielleicht auch irgendwann traben könnte. Wir waren in unseren Erwartungen wirklich so bescheiden, dass wir von den Ereignissen völlig überrollt wurden.

Im Winter konnte sie nicht nur traben, nein, sie konnte sogar mehrere Runden hintereinander auf dem Reitplatz galoppieren. Und das alles trotz ihrer Behinderung, trotz der Spastiken und Lähmungen. Es war unglaublich. Unser »ewige Pflegefall« konnte jetzt nicht nur laufen und schwimmen. Nein, jetzt konnte sie auch noch reiten. Wir waren fasziniert und freuten uns über diese Fortschritte.

Solche Fortschritte waren in der Schule leider nicht zu verzeichnen waren. Im Halbjahreszeugnis der dritten Klasse stand geschrieben: »Sowohl in Deutsch, als auch in Mathematik lassen die bis jetzt erreichten Ergebnisse nur schwer auf eine erfolgreiche Bewältigung der Klasse 3 schließen.«

Wir kämpften eine Schlacht, vergleichbar jener, die Don Quichotte gegen die Windmühlen kämpfte. Wir diskutierten ständig mit der Lehrerin über die Notengebung. Ich kann mich erinnern, dass ich mit ihr telefonierte, als Anni in der Klassenarbeit nur eine Vier hatte. Die erste Reaktion der Lehrerin: »Was habe ich nun schon wieder falsch gemacht?«

Ja, was hatte sie gemacht? Sie hat die Prozente nicht richtig berechnet. Anni hatte genau 60 Prozent richtig und hätte damit eine Drei minus bekommen müssen. Genau deshalb rief ich an. Als hätte das den Kohl fett gemacht. Als hätte das unser Problem gelöst.

Wir holten die Kreisschulbehörde in die Schule, um die Lehrerin zu disziplinieren, weil sie für eine Geometrieaufgabe wegen Ungenauigkeit keine Punkte gegeben hatte. Wir waren der Meinung, Anni braucht wegen ihrer Behinderung einen größeren Toleranzbereich. Aber auch das hätte an der Realität nicht wirklich etwas geändert.

Wir übten und übten und übten und gaben schließlich auf. Zwar hissten wir keine weiße Fahne, aber im Grunde kam es dieser Geste gleich. Mit einem Übergangszeugnis kam Annemarie im April in die Förderschule und besuchte dort ab sofort ihrem Alter entsprechend die vierte Klasse.

Zur Schule kam Sie fortan durch organisierte Transporte, die in der Regel durch Zivildienstleistende des Deutschen Roten Kreuzes gefahren wurden. Das war wieder ein neues Problem. Wahrscheinlich war ich in dieser Beziehung viel zu ängstlich, aber eines steht fest, die Fahrweise dieser jungen Männer war berühmt und berüchtigt. Es gab nicht nur **einen** Unfall, über den in den Medien berichtet wurde. Also kam wieder die Löwenmama in mir durch.

Die jungen Fahrer taten mir manchmal fast ein bisschen leid, aber jeder »Neue« musste vor mir strammstehen. Dann fing immer wieder das gleiche Lied an. Ich sprach über Verantwortung und die Kostbarkeit des menschlichen Lebens, über meine Erwartungen und die Konsequenzen, wenn diese nicht erfüllt werden. Ja, ich habe die Zivis eingeschüchtert, und genau das war auch meine Absicht. In all den Jahren ist zum Glück nichts passiert, vielleicht haben ja meine Ansprachen dazu beigetragen.

Die Umschulung selbst lief reibungslos ab. Uns war durchaus bewusst, dass wir gerade einen sehr hohen Preis bezahlt hatten. Mit dem Einverständnis, an die Förderschule zu wechseln, gaben wir Annemaries berufliche Zukunft unweigerlich auf. Ohne Schulabschluss würde sie niemals einen Job bekommen, der sie in die Lage versetzen könnte, ihren Lebensunterhalt selbst zu bestreiten.

Die Gegenleistung dafür war sofort spürbar. Unser Leben wurde viel einfacher. Annemarie hatte Spaß in der Schule, schließlich konnte sie jetzt dem Unterrichtsgeschehen halbwegs folgen. Ihre Klassenkameraden, zumindest eine überschaubare Anzahl, hatten in etwa ihr intellektuelles Niveau. Es gab sogar einige Lernbereiche, wo sie den anderen etwas vormachen konnte. Dazu gehörte zum Beispiel das Rezitieren von Gedichten. Ihre Merkfähigkeit war ja auf einem hohen Level. Aus diesem Grund war es ein Highlight, wenn Anni ein Gedicht aufsagen durfte. Und es fiel das stundenlange Üben weg und damit auch die ständigen Enttäuschungen, weil es im Begreifen offensichtlich nicht vorwärts ging.

Hier gab es in den vergangenen Jahren unzählige laute Momente, weil Thomas keinerlei Geduld aufbringen konnte. Wie auch, für so etwas war er nicht ausgebildet. Solche besonderen Bedingungen hätten sogar Pädagogen vor eine Herausforderung gestellt. In unserem Alltag wurde jede Schulaufgabe zur Plackerei, jede Vorbereitung auf Klassenarbeiten zur Zerreißprobe. Verständlicherweise entspannte sich mit dem Wegfall dieses Problems auch unser Verhältnis im familiären Umgang.

Von Annemarie wurde viel Druck genommen, wodurch sie deutlich umgänglicher wurde. Thomas und ich kamen emotional zur Ruhe und konnten die Welt wieder mit offeneren, neugierigen Augen ansehen. Wir hatten Entspannung und Freizeit gewonnen. Es gab jetzt wieder Zeit für Ausflüge, sowie kulturelle und sportliche Aktivitäten. Niemals zuvor und nie mehr später konnten wir so großzügig mit der Ressource Zeit umgehen. Es ging teilweise sogar so weit, dass wir uns Beschäftigungen suchen mussten. Was für ein Luxusproblem!

Es sollte nicht lange dauern, bis wir etwas hatten, was unser Leben wieder deutlich komplizierter machte und die Freiheit und Freizeit auf ein absolutes Mindestmaß reduzierte.

Sommer 2005

Annemaries Reitunterricht zahlte sich aus. Auf dem Koppelfest unseres Reitvereins konnte sie schon mit den anderen Kindern eine Quadrille reiten. Vor mehr als hundert Zuschauern durfte sie ihr Können präsentieren und den Beifall genießen. Wir zögerten nur kurz, bevor wir noch einen Schritt weiter gingen. Keine vier Wochen später startete Annemarie erstmals auf einem Turnier. Auf einem Haflinger des Reiterhofs präsentierte sie sich in der »Führzügelklasse« eines Reitertages, der zirka 80 Kilometer von uns entfernt stattfand.

In einer Führzügelklasse werden die kleinen Reiter durch eine Begleitperson am Führstrick gesichert. In der Regel sind das ältere Jugendliche oder wie in unserem Fall ein Elternteil. Die führende Person darf keine direkte Einwirkung auf das Pferd ausüben. Alle reiterlichen Hilfen müssen ausschließlich vom Reiter ausgehen. Es werden Lektionen im Schritt und Trab auf Anweisung des zuständigen Richters geritten.

Annemarie machte ihre Sache ordentlich und wurde mit einer Teilnehmerschleife ausgezeichnet. Diesem Turnier folgte das nächste, nur acht Wochen später. Das Besondere daran war, dass Anni dieses Mal auf einem familieneigenen Pferd antreten konnte. Das Pony, ein Quarterhorsemix, hieß Kira und gehörte seit ein paar Monaten mir. Wie bereits erwähnt, war Reiten auch meine große Leidenschaft, und wenn der Virus einen erwischt, ist der Kauf eines eigenen Pferdes irgendwann unumgänglich.

Kira war eine Fuchsstute und sehr artig. So konnten wir es wagen, diese Pferd-Reiter-Kombination vorzustellen. Auch an diesem Tag kam Annemarie noch nicht über den Gewinn einer Teilnehmerschleife hinweg, aber das war auch noch nicht anders zu erwarten. Für Anni schien es auch egal zu sein, Schleife war Schleife. Die Unterschiede verstand sie (noch) nicht. Wichtiger war für sie an diesem Tag die Teilnahme mit unserem eigenen Pferd.

Wahrscheinlich ist es nicht schwer zu erraten, wie es weiterging. Bei so viel Leidenschaft unseres Kindes gab es keine Alternative. Sie musste ihr eigenes Pony bekommen. Also fingen wir ernsthaft an zu suchen. Obwohl die Suchkriterien damals noch recht einfach waren, wurde es trotzdem ein schwieriges Unterfangen. Unser zukünftiges Pferdchen sollte lieb sein, einigermaßen hübsch, gelehrig und in den Mindeststandards ausgebildet. Wir starteten die Suche mit der Bitte an ganz viele Bekannte, sich umzuhören. Ich bekam dann einige Anrufe, teilweise mit unverschämten Preisvorstellungen oder falschen Aussagen zum Leistungsstand oder Charakter.

Ein Mann rief mich zum Beispiel einmal an und erklärte mir, er hätte genau das richtige Pferd für uns. Wir verabredeten einen Termin zur Besichtigung. Bevor dieser stattfinden konnte, sagte der potenzielle Verkäufer bei uns ab. Das Pony wäre laut Händler wohl schon geritten worden. Als er es aber satteln wollte, musste er feststellen, dass außer Fliegen und anderen Insekten noch niemand auf dem Pony gesessen haben konnte. Das war also nicht unser zukünftiges Pferd.

Wir versuchten es weiter, diesmal bei einem Onlinehandel und landeten nahe Berlin einen Volltreffer bezüglich unserer Wünsche. Das hatte aber erst mal noch gar nichts zu heißen. Nach einem Telefonat mit den Besitzern waren noch immer alle Kriterien erfüllt. Abwarten. Am kommenden Wochenende fuhren wir dorthin. Einen Pferdehänger nahmen wir sicherheitshalber gleich mit. Es handelte sich bei den Verkäufern um die Betreiber eines Reiterhofes mit Pensionsbetrieb. Das Pony wurde gebracht und wir konnten beginnen. Schon beim Putzen stellte sich heraus, dass die junge Stute noch lange nicht so routiniert war, wie wir es gern gehabt hätten. Der Eindruck verstärkte sich, als wir sattelten, und verstärkte sich nochmals, als ich das Pony Probe ritt. Für Annemarie wäre das Probereiten viel zu gefährlich gewesen.

Trotz der Abweichung von unseren Vorstellungen entschieden wir uns, genau dieses Pony zu kaufen. Wir spürten schon in dieser kurzen Zeit, wie lieb und gelehrig das Tier war. Außerdem hatte sich Anni ohne Wenn und Aber auf der Stelle in diese ausgesprochen hübsche Stute verliebt. Der Preis stimmte auch, also brachten wir unser neues Familienmitglied nach Hause. Aber es fehlte eine ganze Menge an Ausbildung.

Was das Pony angeht, so hatten wir uns nicht getäuscht. Ein paar Wochen später waren Anni und ihr Pferd zu einem super Team zusammengewachsen. Sorgen bereitete uns etwas anderes. Genau dieser Reiterhof kam nur kurze Zeit später in die Schlagzeilen und damit auch ins Fernsehen. Mit unlauteren Geschäften hatten die gleichen Personen, die uns das Pony verkauft hatten, viele andere Menschen betrogen. Es war die Rede davon, dass die Leute Pferde verkauft hatten, die ihnen gar nicht gehörten. Wir bekamen eine riesen Angst, dass man uns unser Pünktchen, so hatten wir die Stute genannt, wieder wegnehmen könnte.

Nachdem wir voller Bangen die nächsten Wochen überstanden hatten und keine Rückforderung gekommen war, fiel uns ein Stein vom Herzen. Wir investierten ein paar Stunden und ein paar Euro in die Ausbildung und es ging in großen Schritten vorwärts.

Sommer 2006

Annemarie startete nun auf den Reitertagen mit ihrem eigenen Pony. Noch war sie in der Führzügelklasse und noch konnte sie nicht vorne landen. Aber sie war so stolz, und das waren wir auch. Auf einem Weihnachtsturnier schaffte sie dann erstmals einen zweiten Platz. Sie hatte Blut geleckt, wir auch, und es wurde immer spannender. Ich fing an, mich für den Behindertenreitsport zu interessieren.

Der richtige Name ist »Dressurreiten mit Handicap«. Ich fand heraus, dass die gehandicapten Reiter bei einem sogenannten Sportgesundheitsarzt untersucht wurden und dann auf Grundlage der Untersuchungsergebnisse in unterschiedliche Wettkampfklassen eingestuft wurden. Wir verabredeten telefonisch einen Termin in Köln und erhielten noch während dieses Telefonats einige wertvolle Hinweise. Ganz in unserer Nähe befand sich nämlich ein Leistungsstützpunkt für Handicapreiter. Davon hatten wir bis dahin noch nie gehört. Die Kontakte wurden ausgetauscht und die Trainerin des Stützpunktes kam uns auf unserem Reiterhof besuchen.

Nach einer kurzen Unterhaltung sollte Anni vorreiten, und das machte sie voll Leidenschaft in allen drei Gangarten. Die Trainerin war sofort begeistert und überzeugte uns, dass Anni bei entsprechender Förderung große Erfolge in diesem Sport haben würde. Das war eine völlig neue Sichtweise. In solchen Dimensionen hatten wir bisher nicht zu denken gewagt. So fuhren wir ohne große Erwartungen zu einem Probetraining auf das Gelände des Leistungsstützpunktes.

Zuerst schauten wir uns das Umfeld und die Reitplätze an. Danach ging es in die Reithalle und in den Stall. Ein Schulpferd nach dem anderen wurde uns vorgestellt. Irgendetwas stimmte nicht, ich kam nur nicht sofort darauf was. Annemarie brachte es dann auf den Punkt. Sie sagte: »Hier sind ja gar keine Ponys.« Und als ein Großpferdewallach gesattelt wurde, wurde uns klar, dass Anni an diesem Tag kein Pony reiten sollte.

Jemand anderen hätte das möglicherweise abgeschreckt, aber nicht unsere Annemarie. Angst kannte sie in direktem Zusammenhang mit Pferden nicht. Also ging es ohne Kompromisse ans Reiten. Es dauerte nur wenige Minuten und sie fühlte sich auf dem großen Pferd sichtlich wohl. Noch ein paar Minuten später trabte sie los. Dann ermunterte die Trainerin sie, das Pferd anzugaloppieren. Sollte ich besser wegschauen? Aber ich entschied mich dagegen und erlebte live mit, wie Annemarie das Pferd mit einem Gertenstreich in den Galopp brachte und das Pferd wütend den Hintern hob. Das wiederum lag nicht an Anni. Wie wir erfahren sollten, war Galopp nicht unbedingt die Lieblingsgangart des Pferdes. Annemarie galoppierte den Wallach aber mittlerweile Runde um Runde mit einem breiten Grinsen im Gesicht. Die Trainerin hatte ihren Spaß, Anni auch. Aber reichte das für große Erfolge?

Wir machten uns auf den Weg nach Köln, um Annemaries Einstufung in die Wettkampfklasse vornehmen zu lassen. Einen ganzen Tag waren wir unterwegs, denn Köln liegt von uns aus gesehen nicht nebenan und auch nicht mehr »in der Nähe«. Eine Übernachtung im Hotel musste es sein. Am nächsten Morgen sollte dann das »Grading« stattfinden.

Vom kleinen Finger bis zum großen Zeh musste Annemarie jeden Teil des Körpers bewegen, strecken, dehnen, links und rechts rotieren. Für jede Ausführung gab es Punkte, die dokumentiert wurden. Die Untersuchung dauerte annähernd eine Stunde, dann wurde gerechnet.

Wie erwartet, erhielt Annemarie die Profilnummer passend zur Hemiparese und landete in der Gesamteinstufung im »Grade 2«. Zu jedem Grade gibt es unterschiedliche Anforderungen, logisch aufgebaut: Je schwerer der Behinderungsgrad, desto einfacher die zu reitenden Lektionen. So reiten beispielsweise Handicapreiter im Grade 1a nur Aufgaben im Schritt und im Grade 1b im Schritt und im Trab. Diese Reiter sind oft mehrfachbehindert oder querschnittsgelähmt. Im Grade 4 sind die Reiter mit »leichteren« Behinderungen, hierzu gehört beispielsweise ein fehlender Arm.

Es ist der Grade mit den höchsten Anforderungen, wo Dressurlektionen der mittleren und schweren Klasse geritten werden. Für Annemarie, die dem Grade 2 zugeordnet wurde, hieß das, sie musste Schritt und Trab auf einem Niveau der Dressurklasse L beherrschen. Das tat sie bis dato bei Weitem nicht, es schien aber nicht unmöglich, irgendwann dahin zu kommen.

Wir fuhren zurück in die Heimat und wir hatten uns entschieden. Annemarie sollte die bestmögliche Förderung erhalten. Vielleicht hatte sie ja wirklich eine Chance auf eine nationale oder sogar internationale Karriere. Wie tiefgreifend und kräfteraubend diese eine Entscheidung werden sollte, das erfuhren wir in den folgenden Jahren.

März 2007

Wir fuhren nun regelmäßig zum Trainingsstützpunkt. Schnell lernten wir als Eltern, dass im Reitsport der Erfolg mit der Qualität des Pferdes anfängt und in der Regel auch dort endet. Ein »Wald- und Wiesenpony«, wie wir es besaßen, taugte für echten Sport nicht wirklich. Wir beschritten also zwei Wege. Zum Einen den des Leistungssports und zum anderen den des Freizeitsports. Neben dem Training auf echten Sportpferden festigte Anni ihr Können auf dem Rücken ihres eigenen Ponys, und das mit deutlich größerem Erfolg als noch im Vorjahr.

Das erste Turnier im neuen Jahr brachte einen dritten Platz in der Führzügelklasse und einen unglaublichen zweiten Platz im »einfachen Reiterwettbewerb«, der nächsten Stufe der reiterlichen Ausbildung. Hier mussten die Kinder schon völlig selbstständig auf Anweisung der Richter in einer Abteilung reiten und alle drei Grundgangarten präsentieren. Annemarie war in dem Teilnehmerfeld definitiv das einzige behinderte Kind. Dass wir alle mächtig stolz waren, versteht sich von selbst. Von diesem Turnier reden wir noch heute sehr oft, aber nicht wegen der tollen Ergebnisse, sondern wegen einem ganz anderen Intermezzo.

Wie bereits berichtet, mussten in der Führzügelklasse die führenden Begleiter alle Lektionen an der Seite der Pferde mitlaufen. Dazu ist, genau wie bei den Reitern, eine Reitbekleidung vorgeschrieben. In der Reithalle war sehr tiefer Boden und ich trug Reitstiefel. Der Richter gab die ersten Anweisungen: Anreiten im Schritt. Das war alles harmlos. Irgendwann ließ er die Abteilung antraben. Das war auch erst einmal unproblematisch. Aber der Richter war entweder dement oder einfach nur unkonzentriert. Er ließ die Reiter nicht die übliche Zeit traben, sondern eine gefühlte Ewigkeit lang und dann noch länger. Wir liefen also und liefen weiter. Wir liefen noch mehr und ich dachte: Was wird das? Will der uns umbringen? Die ersten Zuschauer machten sich schon über uns lustig. Die Luft wurde knapp. Einige von uns waren ja nicht mehr die Jüngsten. Es war einfach nur noch eine Quälerei. Endlich rief der Richter: »Abteilung Schritt, Mittelschritt.« An diesem Tag hatte ich mir geschworen, dass ich nie mehr als Führer in einer Führzügelklasse zur Verfügung stehen würde.

April 2007

Auf der Handicapreitschiene ging es großen Schrittes voran. Anni bekam über den Leistungsstützpunkt einen sehr ausdrucksstarken dunkelbraunen Reitponywallach zur Verfügung gestellt. Der Wallach war noch nicht lange Wallach und benahm sich aus diesem Grund noch eine ganze Weile typisch »hengstig«. Er war aufgeregt und etwas wild, konnte sich aber wunderschön in Szene setzen. Obwohl noch nicht lange in der Dressur eingesetzt, wurde er schnell ein Hingucker im Dressurviereck.

Das neue Team fand schnell den Draht zueinander und konnte bei einem Trainingslehrgang in Berlin dem amtierenden Bundestrainer vorgestellt werden. Ich übertreibe keineswegs, wenn ich behaupte, Anni hatte alle sprachlos gemacht. Sowohl Zuschauer als auch Teilnehmer dieses Lehrgangs mussten sich das eine oder andere Mal die Augen zuhalten, als Caletto, so hieß das Pferd, buckelnd und steigend mit Anni auf dem Rücken durch die Halle schoss. Aber Anni kannte keine Angst. Aus diesem Grund und wegen ihres offensichtlichen Talents beeindruckte Anni den Bundestrainer schon bei dieser ersten Begegnung.

Zurück zu Hause ging es im Regelsport weiter. Im einfachen Reiterwettbewerb erritten sich die beiden eine weiße Schleife, das heißt, sie belegten den dritten Platz. Das Teilnehmerfeld war riesig, umso beeindruckender war die Platzierung. Bei Annemaries allerletzten Start in einer Führzügelklasse hielt ich mein mir selbst gegebenes Versprechen und fragte ein älteres Mädchen aus unserem Reitverein, ob sie das Führen übernehmen würde. Das tat sie zum Glück.

Anni hatte in den vergangenen Wochen viel gelernt und zeigte ihre allerbeste Leistung. Man kann sich kaum einen schöneren Abschluss der Ära Führzügelklasse vorstellen. Anni hatte das erste Mal in ihrem Leben einen Sieg errungen. Zur gelben Schleife gab es noch eine Tüte Pferdeleckerlis als Ehrenpreis und den ersten Pokal für das eigene Zimmer. An diesem Abend feierten wir den Erfolg gebührend mit einem Essen im Restaurant.

Juni 2007

Wieder einmal stand das Hoffests unseres Reitvereins vor der Tür. Dieses Ereignis stellte einen der Höhepunkte in unserem Vereinsleben dar. In diesem Jahr war ich intensiv an den Vorbereitungen beteiligt und kann aus erster Hand berichten, wie viel Arbeit rund um so ein Ereignis ansteht. Zuallererst muss entschieden werden, wer beziehungsweise welche Truppe welche Vorstellungen darbietet, welcher Reiter oder Pferdefreund besondere Kunststücke präsentieren kann. Zudem muss man sich über Kostüme und Musik Gedanken machen, bevor man mit dem eigentlichen Training anfangen und den detaillierten Ablauf planen kann. Man braucht einen Moderator, einen Kameramann und ganz viele

Helfer fürs Programm, für die Bewirtung und Bespaßung der Gäste und Zuschauer.

Einstudieren und Probieren hält einen dann viele Wochen in Aktion. Quadrillen werden erst so lange zu Fuß abgelaufen, bis die Abläufe in Fleisch und Blut übergegangen sind. Erst dann kommen die Pferde ins Spiel. Die Trainingseinheiten sind bei uns allen noch heute unvergessen. Hier wurde im Team gearbeitet und Teamarbeit macht einfach nur unheimlich viel Spaß. Ich ritt selbst eine Quadrille mit. Zusammen mit drei anderen Vereinsfrauen waren wir Piraten und interpretierten die Musik von »Fluch der Karibik«. Wir haben nicht nur geschwitzt und gearbeitet, nein wir haben auch unendlich viel Spaß gehabt und gelacht.

Am letzten Wochenende vor dem Hoffest absolvierten wir gerade unsere letzte Trainingseinheit. Es lief super, wir kamen immer besser in die Musik. Der Höhepunkt der Darbietung war eine Galopppassage. Dabei vergaß eine der Damen das Abbiegen und schnitt mir den Weg ab. Das andere Pferd traf mich am Kinn und ich wurde aus dem Sattel katapultiert. Mit einem Salto rückwärts landete ich auf beiden Beinen, konnte mich aber nicht halten und rutschte auf den Allerwertesten.

Mir war nichts passiert, das wurde schnell klar. Mein Pferd stand neben mir und schaute fragend zu mir herab. Dieser Blick. Nein liebe Kira, das war nicht deine Schuld! Alles in Ordnung. Dann prusteten wir Weiber zusammen los. So ist das beim Hausfrauenreiten. Alles Laien mit viel Spaß. Letztendlich hatte ich aber doch eine erhebliche Prellung am Kiefer. Aber wenn man lachen will, kann man es auch in solch einer Situation. Alles nur eine Frage der Einstellung, und meine stimmte.

Ich hatte für meine Stute ein doppelt gebrochenes Trensengebiss im Onlinehandel bestellt. Als meine Reitfreundin dann frage: »Was ist eigentlich mit deinem doppelt gebrochenen Gebiss?«, dachten alle an meine Verletzung am Kiefer, und wir kamen auch an diesem Tag aus dem Lachen nicht mehr raus. Ich brauche sicher nicht zu erwähnen, dass mein angeschlagener Kiefer dabei noch mehr schmerzte.

Auch Annemarie ritt eine Quadrille mit. Für mich war diese Vorstellung ein Meisterstück und wird es auch bleiben. Die Kinder ritten »Schneewittchen und die sieben Zwerge«. Vorneweg ein Warmblut mit Schneewittchen und dahinter sieben Zwerge wie die Orgelpfeifen, das Großpferd vorweg und dann jedes Pferd ein bisschen kleiner. Auf dem Dressurviereck mit der Größe 40 mal 20 Meter ritten die kleinen Mäuse kreuz und quer nach Anweisung. Sie hatten Holzfällerhemden an und Hosenträger darüber. Die Reitkappen hatten wir in den Zipfelmützen versteckt. So konnten wir Kostüm und Sicherheit im wahrsten Sinne des Wortes unter einen Hut bekommen. Der Auftritt wurde ein voller Erfolg. Wir mussten ein paar Wochen später auf dem Dorffest eine Zugabe bringen. Das war perfekt und unsere Mädels einfach nur bildhübsch und putzig in ihrem Outfit.

Das gesamte Hoffest war ein voller Erfolg und unsere Familie musste langsam aber sicher neue Wege beschreiten. Wir mussten etwas lernen, worauf man theoretisch verzichten konnte, praktisch aber keine Wahl hatten. Wir hatten bereits vor ein paar Wochen den schicken Reitponywallach gekauft, auf dem Anni schon länger trainierte. Jetzt hieß es Abschied nehmen. Wir mussten unser Pünktchen verkaufen, unsere von allen geliebte kleine Ponystute. Ein drittes Pferd konnten wir uns nicht leisten und Pünktchen war zu klein geworden. Das ist natürlich Blödsinn, weil das Pferd nicht geschrumpft ist, aber unsere Anni, die war gewachsen, und zwar gewaltig. Die Proportionen stimmten nicht mehr und das Gesamtbild war damit nicht mehr harmonisch. Wir hatten unheimliches Glück. Und Glück steht einem auch einfach mal zu. Eine bekannte Familie suchte gerade ein erstes Pony für ihr kleines Mädchen. Pünktchen bekam liebevolle neue Besitzer und das Mädchen definitiv ein tolles Pferd.

Anni startete auf ein paar regionalen Turnieren und konnte neben ein paar Schleifen sogar ihren ersten Reiterwettbewerb gewinnen. Wir wagten also den nächsten Ausbildungsschritt und bereiteten Anni auf den ersten Dressurwettbewerb in der Einsteigerklasse vor. Annemarie musste eine ganze Menge dazulernen. Logischerweise muss man sich dann auch wieder mit anderen, schwierigeren Gegnern messen, und mental ist das nicht so einfach. Eben noch erfolgsverwöhnt, muss man sich jetzt bei den Ergebnissen wieder hinten anstellen.

Viele Kinder kannte ich, die genau an dieser Schwelle in ein tiefes Loch gefallen sind. Trainer, Eltern und Freunde sind dann gefordert, die Motivation des Reitnachwuchses wiederherzustellen. Einfach ist das nicht. Bei Annemarie war das alles ganz genauso, wie beschrieben. Gestern noch platziert, verschwand sie in der Dressur über mehrere Wochen und Monate im Mittelfeld. Die Enttäuschung saß sehr tief. Es musste dringend mal wieder ein Erfolg her.

Dezember 2007

Das kälteste Turnier Deutschlands, so wurde das Pony-Besten-Turnier im Berliner Olympiareiterstadion genannt. Warum? Diese Frage stellt man nur, wenn man noch nie da war. Ein Hallenturnier im Dezember in mehreren Hallen mit offenen Übergängen. Muss man deutlicher werden? Ich denke nein. Ohne Glühwein geht dort gar nichts. Es ist einfach nur arschkalt, um die Dinge beim Namen zu benennen.

Gegen unsere kleinen Dorfturniere hatte hier sowohl der Name des Turniers als auch der Austragungsort legendären Charakter. Anni hatte ein Pony, Anni war Reiter, Anni war Pony-Reiter. Wir wollten eine Turnierteilnahme wagen. An einer innerstädtischen Hauptstraßenallee mussten wir noch nie ein Pferd abladen, putzen, satteln und trensen. Das bekamen wir hin. Diese innerstädtische Hauptstraßenallee mit Pferd und Reiter überqueren, auch das schafften wir. In einer Reithalle mit 60 anderen Ponyreitern abreiten, das überstieg dann unser Repertoire. Chaotische Zustände herrschten da, vergessen wir nicht, das waren unsere Kleinen, also Reitanfänger. Wir verzogen uns nach draußen und fanden auch ein kleines Eckchen mit abreitetauglichem Boden.

Anni begann den Turniertag mit einer Einsteigerdressur. Keine Enttäuschung, aber auch weit ab von einer Platzierung. Dann kam ein einfacher Reiterwettbewerb. Da sollte doch was möglich sein. Aber das Teilnehmerfeld war riesig und die Richter überfordert oder inkompetent. Aus Zeitgründen ließen sie die Kinder in ihren Abteilungen zur gleichen Zeit galoppieren. Das waren dann pro Abteilung, bestehend aus acht Reitern, im Durchschnitt sechs Buckler und zwei Abgänge, also Kinder, die vom Pferd fielen.

Es war aus meiner Sicht ein pures Wunder, dass es keine ernsthaften Verletzungen gab. In fremder Umgebung, bei so viel Trubel gehen bei den Pferden schon mal die Nerven durch. In einer Abteilung lassen sich die Pferde schnell und gern von ihren Artgenossen anstacheln. Am Ende verlieren viele Reiter die Kontrolle über ihre Pferde. Auf den Turnieren, die ich bisher kannte, stand die Sicherheit der kleinen Teilnehmer im Vordergrund. Es durfte immer nur ein Kind galoppieren, während die anderen Kinder der Abteilung ihre Pferde im Schritt weiterritten.

Die gute Nachricht war, dass unser Pony diesen Schietkram nicht mitmachte. Es tat einfach nur genau das, was es tun sollte. Dafür gab es die erste 7-er Note in Annis junger Karriere und eine Schleife für den sechsten Platz. Gute Anni, braves Pony, tolle Atmosphäre und dazu noch Erfolg. Stolz machten wir uns auf den Weg nach Hause, in der Hoffnung, in ein paar Stunden ohne Frostbeulen aufzutauen.

Für den Rest des Winters konnten wir uns nicht auf die faule Haut legen, auch wenn wir es tatsächlich mal verdient hätten. Ein riesiges Projekt lag vor uns. Für Annis weitere reiterliche Entwicklung war es notwendig, eine Reitabzeichenprüfung zu bestehen. Hört sich grundsätzlich nicht schwer an, reiten konnte Anni ja, und das auch noch ziemlich gut. Zur Prüfungsanforderung der

Deutschen Reiterlichen Vereinigung gehört nicht nur ein praktischer Teil. Die Theorie war bekanntlich alles andere als Annemaries Stärke. Man hätte natürlich das Vorhaben genau an dieser Stelle aufgeben können, aber so waren wir nicht. Übung im Erkämpfen grundsätzlich unerreichbarer Ziele hatten wir ja. Die Frage war eben nur, ob wir diese Mammutaufgabe übernehmen wollten.

Ja, das wollten wir. Also kauften wir uns die entsprechende Literatur, um anfangen zu können. Der Lern- und Prüfungsbereich war unglaublich umfangreich und wieder hatten wir Zweifel. Es lief doch gerade alles so entspannt. An der Förderschule hatte Anni quasi keinen Lerndruck. Keine Anforderung, die die Stimmung in unserem Familienleben drückte. Aber unser aller Ehrgeiz siegte und wir begannen mit dem Lernen.

Die Themen waren vielschichtig. Neben den grundlegenden Dingen wie Pferderassen, Pferdefarben, Abzeichen ging es um Pferdepflege, Pferdehaltung, Tierschutz und die große Palette der Ausbildungsskala der Pferde. Wir fingen ein Thema an, sprachen intensiv darüber, prägten uns die wichtigsten Dinge ein. Dann begannen wir ein neues Thema. Am Ende jeder Lerneinheit wiederholten wir die vorherige. Mit dieser Methode musste doch was hängenbleiben. Aber wir hatten ja noch mindestens ein weiteres Problem. Anni war auch nicht gerade kommunikativ. Falls der Richter ein Mann war (über Annis Abneigung Männern gegenüber hatte ich bereits berichtet) konnte es sein, dass sie die Antworten einfach verweigerte. Wir mussten unsere Tochter also lange und nachhaltig auf das vermutete Geschehen einstimmen.

Die jahrelange Erfahrung im Umgang mit den Macken unseres Kindes sicherte uns den Erfolg. Innerhalb von nur vier Monaten bestand Anni die Abzeichenprüfung für das Reitabzeichen Stufe IV und das bronzene Reitabzeichen. Die Richter hatten zumindest in der Theorie alle Augen (einschließlich der Hühneraugen) zugedrückt. Aber das war egal, weil später niemand mehr danach fragt. Mit diesen Abzeichen schaffte Anni die Grundlagen, um später Dressuren der Anfängerklasse und der leichten Klasse im Regelsport reiten zu dürfen. Letzteres war zu diesem Zeitpunkt pure Träumerei, aber man konnte ja nie wissen.

April 2008

Anni war in der achten Klasse und sie war 14 Jahre alt. Die Zeit war also nicht stehen geblieben und für unser besonderes Mädchen begann die Zeit des Erwachsenwerdens. Thomas und ich waren immer noch konfessionslos, das heißt, wir erzogen auch unsere Kinder so.

Am 26. April erhielt Annemarie gemeinsam mit einigen Klassenkameraden die Jugendweihe. So ein Ereignis kann einen ganz schön in Trab halten. Neben der Wahl der Örtlichkeit für dieses Fest, musste auch der Ablauf und die Bewirtung geplant werden. Eine Einladungsliste wurde erstellt, die Einladungen geschrieben und versandt. Als das alles in Papier und Tüten war, musste die schwierigste Aufgabe in Angriff genommen werden. Was sollte das Kind bloß anziehen? Man brauchte Kleidung für einen einzigen Tag, wollte aber auch nicht unbedingt ein Vermögen ausgeben. Schön sollte es natürlich aussehen und die optischen Vorteile des Mädchens hervorheben. Nach einer sechsstündigen Einkaufsodyssee war ein kleines Vermögen ausgegeben. Aber was soll's, Anni war in ihrem Outfit wunderschön und allein darauf kam es an.

Die Feierstunde fand in einem sehr ordentlichen Rahmen statt. Ich benötigte acht Papiertaschentücher. Das entspricht auf meiner Gerührtheitsskala annähernd dem Höchstwert. Nachdem ein paar Fotos geschossen waren, diese braucht man spätestens für die Danksagungskarten, ging es zur großen Jugendweiheparty. Wir hatten, wie schon oft, den Gemeindesaal gemietet. Es kamen viele Gäste aus der Familie, Gäste vom Reitverein und Zaungäste aus dem Dorf. Für den Ehrengast kam viel Geld zusammen.

Der Tag war von Anfang bis Ende ein voller Erfolg, aber schon ging es weiter. Die nächsten sportlichen Aufgaben mussten erfüllt werden.

Mai 2008

In Berlin-Frohnau fand Annis erste deutsche Meisterschaft statt. Sie startete mit ihrem Caletto und beide hätten mit Sicherheit den Preis für das hübscheste Reiter-Pferd-Paar gewonnen. Mit dem Wissen und der Erfahrung von heute muss ich ehrlich zugeben, dass die reiterlichen Fähigkeiten für eine Teilnahme an einer deutschen Meisterschaft nicht ausreichend waren.

Auch wenn Anni mit ihrer Musikkür nur knapp die sechzig Prozent verfehlte und eine Schleife erhielt, so entsprach ihre Leistung kaum den Anforderungen. Trotzdem machte sie sich an diesem Wochenende einen Namen. Sie war mit ihren 14 Jahren mit Abstand die jüngste Teilnehmerin dieses Turniers und wurde als solche bei der großen Siegerehrung ausgezeichnet.

In den folgenden Wochen ging ihr Name durch sämtliche Presseerzeugnisse, die sich mit dem Reitsport beschäftigten. Das war der Wahnsinn, unsere Anni, unser »ewiger Pflegefall« hatte ein wenig Berühmtheit erlangt. Das war aber bei Weitem erst der Anfang. In den folgenden Monaten und Jahren sollten sich die Ereignisse überschlagen.

Juni 2008

Schon vier Wochen nach der deutschen Meisterschaft fuhren wir nach Bischwiller in Frankreich zu Annis erstem internationalen Turnier. Gemeinsam mit einer anderen Familie, die genau wie wir ein behindertes Mädchen hatte, dem sie den Reitsport ermöglichte, begaben wir uns auf völlig unbekanntes Terrain. Begleitet wurden wir von der Trainerin des Leistungsstützpunktes und einer sehr netten Pferdepflegerin. Das Außergewöhnliche war, dass die

Pflegerin eine gebürtige Französin war und genau aus dieser Ecke Frankreichs stammte, in die wir jetzt fuhren. Die Formalitäten, wie zum Beispiel amtstierärztliches Gutachten, waren erledigt. Es konnte also losgehen. Wir hatten ja keine Ahnung, wie weit so ein Weg werden kann, wenn man maximal 100 km/h fahren darf. Uns blieb nichts anderes übrig, als das geduldig zu ertragen.

Die Pferde, unser Caletto und eine Scheckenstute namens Alisan, bekamen in ihren Trog auf dem Pferdeanhänger Luzerne in viel Wasser. Mit dieser Art der Fütterung will man verhindern, dass die Pferde dehydrieren, da viele Pferde auf langen Hängerfahrten nicht ausreichend trinken. Bei unserer ersten Rast schauten wir nach den Pferden. Caletto hatte gerade sein Maul im Trog und schaute mich mit großen Augen an. Dann prustete er los. Ich war sofort von oben bis unten mit Luzernebrei bespritzt, voll eklig, aber es war so drollig und lustig anzusehen, dass wir alle lange Zeit nicht mehr aufhören konnten zu lachen.

Die Fahrt zog sich hin. Kilometer um Kilometer. Man braucht sehr viel Geduld für so eine lange Tour, noch mehr, als ich vorher befürchtet hatte. Zum Glück kommt man irgendwann doch am Ziel an, und die Strapazen sind schnell vergessen. Man weiß zwar, dass man auch wieder retour muss, aber bekanntlich ist die Rückfahrt deutlich kürzer als die Hinfahrt beziehungsweise fühlt sich so an. Und es war dann ein supertolles Wochenende auf einer fantastischen Anlage mit zwei Hallen und drei Außenplätzen. Die Gastgeber waren sehr freundlich und das Wetter war überhaupt nicht zu schlagen. Knappe dreißig Grad, Sonnenschein und Windstille.

Gleich am Anreisetag musste Anni international gegradet werden. Jeder Debütant wird vor seinem ersten internationalen Start vor Ort von zwei internationalen Sportgesundheitsärzten untersucht. Bei Anni waren eine Norwegerin und eine Britin zuständig. Ich musste meine Englischkenntnisse ausgraben. Irgendwie schafften wir die Verständigung und Annis Einstufung wurde bestätigt. Sie durfte im Grade 2 starten.

Wir trainierten vor Ort und machten uns mit den örtlichen Gegebenheiten bekannt. Leider entging uns ein wahnsinnig wichtiges Detail und eine Lawine kam ins Rollen. Während wir den ganzen Abend gesellig beisammen saßen und jede Menge Pikon-Bier tranken, fraß unser Pony jede Menge Stroh in sich hinein, und leider nichts anderes als Stroh. Da wir nicht wussten, dass wir für die Fütterung selbst verantwortlich waren, bekam Caletto kein Heu in seine Box. Pferde sind sehr sensible Tiere und besonders sensibel sind die Verdauungsorgane. Am nächsten Vormittag wurde der Veterenärcheck durchgeführt. Dort werden die Pässe kontrolliert, die Impfungen überprüft und die Pferde müssen vor einem Richter und dem verantwortlichen Tierarzt vortraben. Dann heißt es »accepted« oder »not accepted«. Da unser Pony wegen der falschen Fütterung gerade mit einer mittelschweren Kolik zu kämpfen hatte, hieß es »not accepted«. Caletto wurde vom Wettkampf ausgeschlossen. Unwiderruflich. Der ganze Aufwand war umsonst. Aber wie sagt man so schön: Wenn du denkst, es geht nicht mehr, kommt irgendwo ein Lichtlein her.

Die schweizerische Teamchefin ließ ihre Beziehungen spielen und vermittelte uns ein einheimisches Pferd. Es handelte sich um eine braune Stute namens Rejekah. Die Stute hatte den erforderlichen Ausbildungsstand, bestand den Vetcheck und war brav, und doch gab es ein Problem. Das Pferd war kein Pony. Im Gegenteil, es war ein besonders großer Warmblüter. Annemarie war es egal, sie wollte reiten, sie wollte am Wettkampf teilnehmen. Angst hatte sie, wie immer, keine.

Eine Hürde mussten wir allerdings noch nehmen. Anni sollte nur die Starterlaubnis erhalten, wenn die Turniertierärztin bestätigte, dass das Pferd durch Annis Reiten keinen Schaden nehmen würde. Es war also nötig, dass Anni der Tierärztin vorritt. Wir putzten das Pferd, sattelten und trensten es, und Anni stieg auf und ritt los. Die Tierärztin, eine in Frankreich lebende Deutsche, kam aus dem Staunen nicht mehr raus. Ihr Urteil lautete: »Es ist für das Pferd ein Segen, von Annemarie geritten zu werden«. Gut gemacht, gut geklappt.

Am nächsten Tag erreichte Annemarie auf Anhieb über 60 Prozent auf eben diesem ihr völlig unbekannten Pferd. Wir waren sehr stolz und genossen das Wochenende in vollen Zügen. Die Veranstalter gaben sich sehr viel Mühe, insbesondere bei den Preisverleihungen. Anni erhielt ihre ersten internationalen Schleifen und die ersten Stallplaketten. Das war ein toller Einstieg, wenn auch völlig anders als erwartet, aber dennoch sehr bewegend.

Caletto haben wir mehrmals longiert. Bei der richtigen Ernährung erholte er sich schnell. Hinterher haben wir viel darüber gespottet: »Der Caletto hat in Frankreich Urlaub gemacht.« Schade war nur, dass es später zu keinem internationalen Einsatz mehr kam.

August 2008

Wir wussten nicht, dass unser tolles Reiter-Pferd-Paar vor seinem allerletzten gemeinsamen Turnier stand, als wir uns zu diesem auf den Weg machten. Es goss in Strömen und wollte offensichtlich auch nicht aufhören. Thomas und ich bekamen uns entsetzlich in die Haare. Er wollte Anni bei dem Regen nicht starten lassen. Ich war jedoch für einen Start.

Am Ende gewann und verlor ich diese Auseinandersetzung gleichermaßen. Anni startete, aber mein Mann rührte keinen Finger. Ich musste alle Vorbereitungen alleine treffen, das Pferd putzen und satteln und meiner Tochter beim Anziehen helfen. Ich sehe mich noch heute, wie ich Anni mit gebeugtem Oberkörper beim Anziehen half und der Regen seinen Weg über meinen Rücken in meine Hose fand.

Das Dressurviereck sah aus wie eine Mischung aus Schwimmbad und Kartoffelacker. Dies motivierte Anni sondergleichen. Sie setzte einen frischen und frechen Ritt durch die Matsche, an Ausdruck kaum noch zu übertreffen. Das beeindruckte auch die

Richter. Sie startete erstmals in einer Dressur der Klasse A im Regelsport und war auf Anhieb platziert. Da kam auch mein Tommy aus seiner Schmollecke und schien vor Stolz mindestens zwei Meter groß geworden zu sein.

Zurück auf unserem Reiterhof durfte Caletto auf die Koppel zu den anderen Pferden. Es war das letzte Mal, dass er gesund davon galoppierte. Am nächsten Tag mussten wir mit Schrecken feststellen, dass unser Pony stocklahm war. Sofort fuhren mit ihm zu unserer Tierärztin, die uns nach eingehender Untersuchung die fürchterliche Diagnose mitteilte: »Muskelabriss hinten rechts.«

Caletto sollte drei Monate strenge Boxenruhe bekommen, seine einzige Chance, wieder gesund zu werden. Wir liebten dieses Pferd, es hatte definitiv diese Chance verdient. Wir brachten ihn in einen anderen Stall, wo ständig auch andere Pferde in den Boxen waren. Diese Bedingungen waren notwendig, da Pferde Herdentiere sind und in der Regel enorm unruhig werden, wenn sie allein sind. Drei Monate später und ein Vermögen an Ausgaben für Tierarzt und Pension ärmer schien alles super gelaufen zu sein. Leider hielt die Freude nur kurz an. Wenige Tage später riss der Muskel erneut und wir kamen um eine grausame Entscheidung nicht herum.

So wie ein tolles Pferd es verdient, bekam Caletto einen würdigen Abgang. Zuerst eine schmackhafte Mahlzeit, dann ein Beruhigungsmittel und zum Schluss das Unvermeidbare, die Gnadenspritze.

Pferde bringen unheimlich viel Freude. Sie lieben uns, sie vertrauen uns und sie werden in ganz vielen Fällen Mitglieder der Familie. Wenn man sie dann so gehen lassen muss, erfährt man unweigerlich einen sehr schweren Verlust. Genau so erging es uns. Wir trauerten um diesen tollen Freund und Sportler. In unserem Herzen wird Caletto immer einen Platz behalten.

Oktober 2008

Zu dieser Zeit suchten wir nach einer vorübergehenden Alternative, damit Annemarie im Training blieb. Pferde standen ausreichend zur Verfügung, entweder direkt vom Landesstützpunkt oder von privaten Pferdehaltern, die den Handicapsport unterstützen wollten. Damals mussten wir aber leider feststellen, dass tatsächlich nur ein Pferd von hunderten für das Dressurreiten mit Handicap geeignet ist. Einige Pferde waren nicht brav genug, andere nicht gut genug ausgebildet, wieder andere waren zu gut ausgebildet, sodass sie die irritierenden Hilfen der behinderten Reiter nicht verziehen. Das richtige Pferd zu finden war also eine Herausforderung. Nach einigen Enttäuschungen und weiteren Experimenten fuhren wir dann mit unserem Team zu einem internationalen Turnier nach Prag, auf dem Hänger zwei Pferde des Leistungsstützpunktes.

Wir schoben alle Vorurteile gegenüber den osteuropäischen Menschen beiseite und gingen die Fahrt vertrauensvoll an. Wir haben auch heute noch keine Vorurteile, aber das grenzenlose Vertrauen am Anfang dieser Reise, das war definitiv ein Fehler. Alle möglichen Befürchtungen waren nichts gegen die Realität, die wir dort erlebten. Es fing schon bei der Ankunft in Prag an. Wir kamen gar nicht zum Stall. Prag erlebte gerade den größten Brand in der Geschichte der Stadt. Auslöser soll irgendein Mafiakrieg gewesen sein. Auf jeden Fall stand das gesamte Messegelände in Flammen und die ganze Stadt war im Ausnahmezustand.

Als wir viele Stunden später die Pferde abladen konnten, machten wir uns im Anschluss auf den Weg ins Hotel. Leider gab es wegen des Feuerwehreinsatzes kein Wasser im Hotel, sodass eine den Strapazen angemessene Dusche entfallen musste. Es konnte also nur noch besser werden, dachten wir. Wieder ein Fehler. Hier eine Auswahl der Ereignisse außerhalb des Turniergeschehens:

Einer deutschen Reiterin wurde der Rucksack gestohlen, nachdem die Seitenscheibe ihres Autos eingeschlagen wurde. Wir ließen eine teure Gerte nur zehn Minuten unbeobachtet an der Box, weg war sie. Einer Trainerin kam die gesamte Videoausrüstung abhanden, als sie diese abstellte und sich kurz abwandte. Einem anderen Teilnehmer wurde das Auto quasi entführt, indem es abgeschleppt wurde und nur gegen Zahlung eines unverschämten Betrages (Lösegeldes) wieder herausgegeben wurde. Und Thomas passt ja nie auf seine Brieftasche auf. In Prag wurde das sofort bestraft. Dummerweise waren alle Papiere und Karten gemeinsam mit der Brieftasche im Nirwana verschwunden.

Ja, Letzteres war schon echt mies. Zu dem Wiederbeschaffungsaufwand kamen noch hohe Kosten dazu. Zum Glück konnten wir unsere Geldkarten mit einem Anruf nach Deutschland rechtzeitig sperren lassen, bevor noch größerer Schaden entstehen konnte.

Tatsächlich fand natürlich auch noch ein Wettkampf statt, den ich an dieser Stelle nicht unterschlagen will. Annemarie startete erstmals mit zwei Pferden. Das eine war eine Ponyschimmelstute, die nicht zu Unrecht mit Zweitnamen »Puti« (eine Verniedlichung von Pute) hieß. Bei dem anderen Pferd handelte es sich um eine ein Meter achtzig große Stute mit Hang zur extremen Hinterhältigkeit. Wenn diese riesengroße Braune einem auf den Fuß trat, schaute sie einem tief in die Augen und verdrehte noch zusätzlich den Huf, um den Schmerz zu verstärken.

Rein sportlich war Annis Leistung in Ordnung, aber mit beiden Pferden keinesfalls ein Durchbruch. Zu groß waren die Störungen, die durch Annis spastischen rechten Arm am Pferdemaul wirkten und damit eine deutlich sichtbare Disharmonie hervorriefen.

Wir nahmen also genau drei Erkenntnisse aus Prag mit. Erstens wollten wir versuchen, Anni auf einhändiges Reiten umzustellen. Zweitens brauchten wir für Anni ein passenderes Pferd. Und drittens wollten wir nie wieder nach Prag fahren.

Dezember 2008

Pony-Besten-Turnier in unserer zweiten Runde. Anni ritt weiter auf der Schimmelstute namens »Puti«, die im Ponymaß stand. Die Ausschreibung war so ansprechend, dass wir weitere Mitglieder unseres heimischen Reitvereins zu einer Teilnahme überreden konnten. Das Besondere war, dass eine Mannschaftsdressur ausgeschrieben war. Da alle unsere Reitmädels seit Jahren Quadrillen ritten, waren sie für so einen Start quasi prädestiniert.

Bei einer Mannschaftsdressur reiten vier Reiter hintereinander. Jeder einzelne wird bei der Ausführung der Lektionen und Figuren bewertet. Eine hohe Wertigkeit hat aber auch die Harmonie der Abteilung. Werden die Abstände zwischen den Pferden eingehalten (möglichst eine Pferdelänge)und diese gleichmäßig beibehalten, werden von allen die vorgeschriebenen Linien geritten? Wir wussten, dass unsere Mädels gut sind, aber kurzzeitig kamen uns doch Zweifel. Die gegnerischen Mannschaften hatten mit Abstand die besseren, vor allem aber teureren Ponys. Hinzu kam, dass alle anderen einen riesigen Aufwand betrieben, um einheitlich auszusehen.

Das war bei unserer Mannschaft mit unseren Wald- und Wiesenponys gar nicht möglich. Die erste Reiterin saß auf einem Haflinger (Fuchsfarben), die zweite Reiterin auf einem schwarzen Reitpony. Danach kam ein Ponymix in falbfarben und zum Schluss unsere Anni auf der Araberschimmelstute. Bunter ging es wirklich nicht. Schöner aber auch nicht.

Mit einem riesigen Abstand siegten unsere Mädchen vor all den anderen Kindern mit den besseren Pferden. Dafür gab es für alle vier die jeweils erste Siegerdecke ihres Lebens. Anni besitzt diese Abschwitzdecke heute noch, ein ganz besonderes Andenken. Oh Mann, war das ein Paukenschlag. Unsere Landmädchen auf ihren Schulpferden hatten sich mit reiterlicher Qualität durchgesetzt.

Dieser Moment musste festgehalten werden, und das sollte nicht schwerfallen, handelte es sich doch um ein außergewöhnliches Fotomotiv. Die vier hübschen Mädchen auf den bunten Pferden mit den schönen Decken standen mitten im Berliner Olympia-Reiter-Stadion. Wir fuhren niemals wieder dorthin, aber nur deshalb, weil Anni wegen Überschreitung der Altersgrenze nicht mehr im Ponybereich starten durfte.

Winter 2008 / 2009

Es wurde Zeit, Netzwerke zu bilden. Annis sportliche Leistungen hatten ein Niveau erreicht, das den Ausdruck Leistungssport verdiente. Wir sahen die Notwendigkeit, den sportlichen Entwicklungen Struktur zu verleihen. Wie aber sollten wir das angehen? Wir wussten nicht, wer die Ansprechpartner sind und wo man Hilfe findet. Gerade für die Paradressurreiter sind die Zuordnungen nicht ganz einfach beziehungsweise eindeutig. Da ich diese bis heute noch nicht vollständig begriffen habe, bin ich auch nicht imstande, die Vernetzungen zu erklären. Aus diesem Grund zähle ich die Organisationen einfach mal auf, ohne Anspruch auf Vollständigkeit und ohne Wertung der Wichtigkeit.

Der Reitverein, in dem Anni organisiert ist, unterstützt ihre sportlichen Aktivitäten im Regelsportbereich und ist gleichzeitig Mitglied im Landesverband des Behindertensportverbandes.

Der Landesverband des Behindertensportverbandes fördert die sportlichen Aktivitäten der Aktiven in paralympischen Sportarten. Hierzu zählt auch das Reiten. Der Verband beruft Landeskader in den Disziplinen des Parasports und gibt Unterstützung für Leistungsstützpunkte. Insbesondere für überregionale und internationale Wettkämpfe gibt es finanzielle Zuschüsse.

Der Deutsche Behindertensportverband ist der Dachverband der Landesverbände und beruft die Nationalkader des Parasports.

Das Deutsche Kuratorium für Therapeutisches Reiten organisiert alle Aktivitäten, die mit Behinderungen im Zusammenhang mit Pferden durchgeführt werden. Hierzu zählt auch der Leistungssport, unter anderem das Dressurreiten mit Behinderungen. Das DKThR hält außerdem die Verbindung zum DOKR (Deutsches Olympisches Komitee Reiten), welches wiederum mit der Deutschen Reiterlichen Vereinigung vernetzt ist.

Der Landesverband für den Pferdesport hat ebenfalls das Dressurreiten mit Handicap als weitere Abteilung im Pferdesport anerkannt und fördert so auch die Handicapreiter des Landes in ihren sportlichen Aktivitäten, unter anderem seit einigen Jahren durch die Austragung von Landesmeisterschaften.

Die FEI ist die internationale Dachorganisation für den Pferdesport und hat bisher als einzige weltweite Organisation den Handicapsport als Disziplin im Regelsport anerkannt. Aus diesem Grund gibt es bei Weltmeisterschaften eine gemeinsame Veranstaltung für behinderte und nicht behinderte Sportler. Damit ist die FEI das sportliche Vorbild in Sachen Inklusion.

Lange Rede, kurzer Sinn. Wir suchten zu allen Institutionen den Kontakt und brachten Handlungsträger zusammen. In diesem Winter gab es das erste organisierte Training auf Landesebene, und der Reitsport für Dressurreiter mit Handicap wurde als Abteilung im Behindertensportverband unseres Landes hinzugefügt. Annemarie wurde sofort für den nächsten Olympiazyklus in den Landeskader berufen und für die folgenden Wettkämpfe konnten wir Förderanträge stellen.

In dieser Zeit gab es die ersten Auftritte in den Medien. Ausgelöst wurde das Ganze durch eine Spendenaktion der Lotterie. An allen Lottoannahmestellen des Landes wurde für den Behindertensport gesammelt. Aus diesen Geldern sollten bestimmte Sportprojekte finanziert werden. Eines dieser Projekte war für Annemaries Reitsport vorgesehen. Zur Unterstützung und Publikation dieser Aktion wurde durch den NDR ein Beitrag über das eben erwähnte Landestraining gedreht. Damit kam Anni zum ersten Mal ins Fernsehen. Das war für uns alle ein großer Moment. Unser »ewige Pflegefall« war jetzt ein sportlicher Hoffnungsträger.

Um die Spendenbereitschaft zusätzlich zu erhöhen, gab es regionalisierte Pressetermine, dort wo die Sportler ihren Lebensmittelpunkt hatten. Anwesend waren die regionalen Medien, unsere Anni, Vertreter des Behindertensportverbandes und natürlich die Geschäftsführerin von Lotto. Neben einer Pressemitteilung zu dem Ereignis gab es in der Folge noch einen großen Artikel in der Regionszeitung über unsere Tochter und ihren Sport. Ich kann mich heute noch an die Schlagzeile erinnern: »Früher fuhren wir in den Urlaub – Heute haben wir Pferde.« Ich übertreibe keineswegs, wenn ich behaupte, Anni hatte damals einen gewissen Grad an Berühmtheit erlangt.

Alles in allem war die Spendenaktion für uns ein voller Erfolg. Auf der Veranstaltung zur Sportlerehrung, auf der Anni in den Landeskader berufen wurde, erhielt sie einen Scheck über tausend Euro zur Finanzierung Internationaler Starts. Wir waren sehr dankbar dafür. Trotzdem möchte ich an dieser Stelle erwähnen, dass diese Gelder nicht einmal ein einziges Turnier in Gänze finanzieren konnten. Ich glaube nicht, dass ich ein Geheimnis verrate, wenn ich sage, dass der Reitsport zu den teuersten Sportarten der Welt gehört. Da macht der Parareitsport keine Ausnahme.

Viel wichtiger als der Erhalt der Gelder war, dass es uns gelungen war, Netzwerke zu schaffen, um organisiert und strukturiert Annemaries sportliche Karriere vorwärtszubringen.

Frühjahr 2009

Nach weiteren Experimenten mit anderen Pferden konnte Anni das große Los ziehen. Vom nahegelegenen Landesstützpunkt wurde ihr das mit Abstand beste Schulpferd für die vor uns liegende Saison angeboten. Es handelte sich um einen älteren Braunen, einen Lettischen Hunter. Dieses Pferd hatte nicht nur eine vorzügliche Ausbildung absolviert, es war bereits erfolgreich im nationalen und internationalen Paradressursport eingesetzt worden. Wir waren sehr dankbar für diese Chance, und so konnte die Turniersaison bereits nach ein paar Trainingsstunden starten.

Wie bereits in Prag beschlossen, setzten wir nun auf einhändiges Reiten, um das Pferd in der Bewegung möglichst wenig durch Spastiken zu stören. Dieser Schritt hört sich einfach an, war er aber überhaupt nicht. Wir bauten ein Holzgerüst und imitierten daran ein Pferdemaul mit Zäumung. Bevor es in der Realität probiert werden konnte, musste Anni an dieser Konstruktion viele Stunden die Zügelhilfen üben. Jeder Handgriff musste vorher sitzen, um das Kind nicht unnötig in Gefahr zu bringen. Danach folgten einige Stunden im Sattel auf echten Pferden. Als die neue Zügelführung saß, konnte es endlich losgehen.

Anni startete ganz früh in der Saison, je eine Dressur der Klasse E und der Klasse A. Das Ergebnis riss uns noch nicht vom Hocker. Trotzdem erkannten wir alle ein Riesenpotenzial in dieser Pferd-Reiter-Kombination mit neuer Technik. Es ergab zudem ein besonders schönes Bild der Haltung auf dem Pferd. Gerade gesessen, die linke Hand am Zügel, die rechte Hand hinter den Rücken geschoben. Wir fackelten nicht lange und wagten den Start auf einem Internationalen Drei-Sterne-Turnier. Hier waren die Anforderungen deutlich höher als bei Annis bisherigen Starts auf internationalem Terrain. Drei Sterne sind eben drei Sterne.

Am Mittwoch nach Ostern ging es los. Wir begaben uns auf den Weg ins belgische Moorsele. Das war richtig aufregend. Die Fahrt war wie immer viel zu lang, verlief aber relativ unproblematisch. Training und Vetcheck konnten erfolgreich abgeschlossen werden. Der erste Start stand am Freitag auf dem Programm.

Dieses Vorhaben gelang auf Anhieb. Die Vorstellung hatte definitiv etwas mit Dressurreiten zu tun. Anni erreichte einen Wert um die 65 Prozent und konnte mit dieser Leistung den vierten Platz erreichen. Einige etablierte Sportler konnte Anni in dieser

Prüfung hinter sich lassen, unter anderem auch die Vorjahressiegerin aus Großbritannien. Erstmals punktete unsere Tochter mit ihrem außergewöhnlichen reiterlichen Einfühlungsvermögen. Am zweiten Tag wiederholte Annemarie ihre tolle Leistung und konnte mit ihrem fünften Platz wie schon am Vortag an der großen Siegerehrung teilnehmen.

Am Sonntag stand die Musikkür auf dem Plan. Da war die Luft raus und Annemaries Grenzen erreicht. Für die große Aufgabe, Musik und Dressur zusammenzubringen, fehlte die Konzentration. Anni brachte die Choreografie komplett durcheinander und am Ende fehlte ein Pflichtelement in der Ausführung. Dementsprechend gab es keine platzierungswürdigen Noten. Ähnliche Erfahrungen mussten wir in den folgenden Jahren noch öfter machen. Dieses Thema sollte uns als Problem erhalten bleiben.

Trotz alledem waren wir über alle Maßen zufrieden. Nach unserer Heimkehr gab es sowohl in der heimischen als auch in der reiterlichen Presse Berichte über Annis Erfolg. Es fühlte sich richtig gut an, wenn da stand: »Annemarie Ondrusch international erfolgreich unterwegs.« Wichtiger aber war die Tatsache, dass sich offensichtlich ein erfolgversprechendes Reiter-Pferd-Paar gefunden hatte. Wir konnten also weitere Pläne schmieden.

Drei Regelturniere in Folge brachten erst zwei Platzierungen in der E-Dressur und kurz darauf zwei Platzierungen in der A-Dressur. Diese Ergebnisse unterstrichen klar die neue, höhere Qualität.

Im Juni machten wir uns erneut auf den Weg nach Berlin-Frohnau zum zweiten Mal zur deutschen Meisterschaft, diesmal entschieden besser vorbereitet. In allen Prüfungen erreichte Anni einen mittsechziger Wert und setzte damit deutlich Achtungszeichen. Die nun perfekt ausgeführte einhändige Reitweise unterstrich Annemaries guten Sitz und ihre Eleganz.

Das Besondere an dieser Meisterschaft war die erstmals durchgeführte Jugendwertung. Für Reiter unter 25 Jahre wurde in diesem Jahr ein Nachwuchschampionat ausgeschrieben. Durch diese glückliche Fügung erhielt Anni ihren ersten Titel und wurde Sieger im Deutschen Nachwuchschampionat. Damit überschlugen sich die Ereignisse. Noch am selben Wochenende wurde Annemarie in den Nachwuchsbundeskader berufen. Das hörte sich nicht nur fantastisch an, nein, das brachte auch ein paar Annehmlichkeiten mit sich. Als offizielles Mitglied im Bundeskader hatte Anni Anspruch auf die offizielle Ausrüstung des Hauptsponsors. Anni erhielt Teamjacken, Shirts und eine hochwertige Reitkappe, die wir aus Kostengründen niemals selber gekauft hätten. Anni wurde jetzt regelmäßig zu Bundeskaderlehrgängen eingeladen und erreichte dadurch eine ganz andere Präsenz bei den Trainern und Teamverantwortlichen.

Rein sportlich ging es gerade steil bergauf, ein riesengroßes neues Problem tat sich hingegen auf.

Sommer 2009

Anni war jetzt 15 Jahre alt und ihre Schulzeit neigte sich rapide dem Ende zu. An der Förderschule werden nur neun Klassen besucht und die Schule ohne Abschluss beendet. Lange haben wir dieses wichtige Thema verdrängt. Lösungsansätze hatten wir ja sowieso keine, aber jetzt mussten wir etwas tun. Wie sollte es weitergehen?

Da Annemarie ja nicht die erste Jugendliche war, die die Förderschule verlassen würde, erkundigte ich mich erst einmal nach dem weiteren Procedere und erfuhr Folgendes. Geradezu ohne Ausnahme wird von allen Abgängern ein einheitlicher Weg beschritten. Dieser Weg führt diese jungen Menschen an eine berufliche Schule, wo eine Berufsschulreife erreicht werden soll. Die Leistungsstärksten erhalten dort die Möglichkeit, den Hauptschulabschluss nachzuholen.

Ein Weg, eine Schiene, eine Einbahnstraße. Egal wie man es nennt, mit Individualität hat das nichts zu tun. Hinzu kam, dass die Schule sechzig Kilometer entfernt war. Von uns aus war das nicht ohne Weiteres zu erreichen. Ein Anspruch auf Fahrdienst gab es für diese Ausbildung nicht mehr.

Was mich aber am meisten störte, war der Ruf dieser Schule. Die geordneten Bahnen verlassend, warf man diese Jugendlichen nun alle auf einen Haufen. Die Dummheiten, die sie noch nicht kannten, lernten sie dort in jedem Fall, und das sehr schnell. Mehr als neunzig Prozent der Kinder dieser Schule stammen aus sozialschwachen Familien. Die Quote der Schulschwänzer und Erstkriminellen ist nirgendwo höher. Unser Kind würde diesen Weg ganz bestimmt nicht beschreiten. Schließlich hatten wir die letzten 15 Jahre nicht so hart gekämpft, um unser Kind sehenden Auges in eine Katastrophe zu schicken.

Und nun? Ich wendete mich an den Integrationsfachdienst, eine unterstützende Institution, wenn es darum geht, behinderte Menschen in ihrer beruflichen Entwicklung zu beraten und zu unterstützen. Da Annemarie seit vielen Jahren einen anerkannten Grad der Behinderung von 60 Prozent hatte, waren die Anspruchs - voraussetzungen für eine Beratung gegeben. Telefonisch vereinbarte ich einen Gesprächstermin.

Ich hatte wieder einmal unheimliches Glück. Uns empfing eine Sachbearbeiterin, die sehr engagiert auf uns wirkte. Sie berichtete uns, dass es in Sachen Eingliederung junger Menschen etwas ganz Neues gab. Ein Förderweg, mit der Bezeichnung »Unterstützte Beschäftigung« sollte genau auf die Zielgruppe ausgerichtet sein, die, genau wie Annemarie, für die Behindertenwerkstatt zu intelligent und für eine Berufsausbildung nicht intelligent genug war. Natürlich lag ein umfangreiches Antragsverfahren vor uns, davor fürchteten wir uns in der Regel aber nicht mehr. Wir kannten es ja nicht anders. Abschrecken konnte uns so etwas also nicht. Wir leiteten alles Notwendige in die Wege, ohne zu wissen, ob unser Vormarsch zum Erfolg führen würde. Genau genommen blieb uns nichts anderes übrig, schließlich hatten wir nicht einmal einen Plan B.

Gemeinsam mit der Sachbearbeiterin des Integrationsfachdienstes suchten wir die Reha-Beratung der Agentur für Arbeit auf. Begeistert waren die von unserer Idee nicht. Sie kannten die Maßnahme auch, hatten aber noch keine Vorstellung, wie die Umsetzung erfolgen sollte.

Worum geht es eigentlich bei der »Unterstützten Beschäftigung«? Die Jugendlichen aus der beschriebenen Zielgruppe sollen ein zweijähriges Praktikum in einem Betrieb absolvieren. Die Kosten dafür werden durch die Bundesanstalt für Arbeit getragen. So erhalten die Jugendlichen zum Beispiel Ausbildungsgeld und Fahrkostenzuschüsse. Die Maßnahmen durchführende Institution erhält einen Maßnahmenbeitrag, und die Betriebe haben die Möglichkeit, diese jungen Menschen ohne eigene Kosten einen sehr langen Zeitraum auszubilden. Wenn alles nach Wunsch voranschreitet, haben die Jugendlichen hinterher eine Chance auf eine Beschäftigung in den Praktikumsbetrieben. Vorgeschrieben ist das aber nicht.

Einmal wöchentlich sollte es zudem einen Theorietag geben. Für alle war diese Maßnahme neu. Man konnte nicht auf Bewährtes zurückgreifen. Wir, der Integrationsfachdienst und ich, hatten unterdessen sehr klare Vorstellung, wie wir die Maßnahme über Anni stülpen konnten. Als Erziehungsberechtigte beantragte ich diese Förderung offiziell. Für die Durchführung der Maßnahme beantragte ich zusätzlich ein sogenanntes »Persönliches Budget«. Damit konnte ich dann frei entscheiden, wen ich mit der Durchführung der Maßnahme beauftragen würde. Den Auftrag, unseren Auftrag, sollte der Integrationsfachdienst erhalten. Damit hatten wir auch schon geklärt, wer die Antragsunterlagen erstellt und die unzähligen Anlagen erarbeitet. Diesen Service übernahm der Integrationsfachdienst sozusagen als erste Amtshandlung.

Jetzt fehlte nur noch eines, ein Praktikumsbetrieb. Das einzige, wovon Annemarie wirklich etwas verstand, waren Pferde. Sehr schnell waren wir uns einig, dass man damit etwas anfangen konnte. Wir stellten eine Anfrage an den Pferdehof bzw. an den Betreiberverein des Pferdehofs, an dem auch der Trainingsstützpunkt für Handicapreiter angesiedelt war. Dort erhielten wir sofort eine Zusage und schon hatten wir auch einen Praktikumsbetrieb. Die Fahrt zur Arbeit und nach Hause sollte über einen Fahrdienst erfolgen. Zur Finanzierung der Fahrten stellte ich ebenfalls ein Antrag auf »Persönliches Budget«. Alles lief prächtig. Problem gelöst.

Wie bekannt, sollte man so etwas nicht beschreien und wieder einmal bestätigte sich das. Der Bundesagentur kamen plötzlich Zweifel an den Anspruchsvoraussetzungen und sie ordneten einen sozialpsychologischen Test an. Dieser sollte vier Stunden dauern. Meine arme Annemarie. Eine andere Chance hatten wir aber nicht, denn wir waren im Bürokratismus gefangen und auf Gedeih und Verderb dem Wohlwollen anderer ausgeliefert.

Wir arbeiteten das Thema ab und siehe da, es kam nichts anderes bei dem Test heraus, als angegeben. Annemarie hatte, nun amtlich bestätigt, eine Lernbehinderung, die sich im Grenzbereich zur geistigen Behinderung befand. Amtlich war jetzt auch, dass sie zur Zielgruppe der »Unterstützten Beschäftigung« gehörte. Auch die Bundesagentur hatte keine Argumente mehr, unseren Antrag abzulehnen.

Alles war jetzt in Papier und Tüten. Im September sollte der neue Lebensweg beginnen. Was ich zu diesem Zeitpunkt noch nicht wusste, war, dass neuer Ärger folgen sollte, weitere Steine auf dem ohnehin schon steinigen Weg. Darauf komme ich später noch einmal zurück. Zumindest für diesen Moment war alles für die Zukunft geklärt. Wir steuerten nun etwas beruhigter auf den letzten Schultag zu.

Großes Tamtam wurde um diesen besonderen Tag nicht gemacht. Einen Schulabschlussball gab es nicht. Es gab ja auch keinen Schulabschluss. Im Rahmen der Möglichkeiten, die die Schule und die Klassenlehrerin hatten, wurde trotzdem ein besonderer Tag herbeigezaubert. Am Morgen wurden die Schulabgangszeugnisse, keine Abschlusszeugnisse, feierlich ausgehändigt.

Im Anschluss an diese Zeremonie trafen wir uns in einer Gaststätte am See zu einem gemeinsamen Brunch. Hier gab es weder Kaviar noch Champagner, auch keinen Lachs. Da die Mittel der meisten Eltern sehr begrenzt waren, mussten und konnten wir mit einem einfachen Mahl vorliebnehmen. Die große Überraschung des Tages kam von der engagierten und liebevollen Klassenlehrerin. Ihr war das Kunststück geglückt, ein T-Shirt für die Schüler ihrer Klasse zu entwerfen. Nach Vorbild der Abiturklassen waren das Abgangsjahr, ein netter Spruch und die Namen aller Klassenmitglieder aufgedruckt. Das Shirt gibt es heute noch und wird von Anni in Ehren gehalten.

Alle Schüler würden sich in ein paar Wochen an der Beruflichen Schule wiedersehen, nach unserem Plan würde Anni in dieser Runde fehlen. Wir verabschiedeten uns herzlich von allen, besonders von der Lehrerin. Dann fuhren wir nach Hause und das Thema Schule war ein für alle Mal Geschichte.

August 2009

Für den Start in Annis neues Leben war alles organisiert. Der Fahrdienst war bestellt. Die Arbeitszeiten auf dem Pferdehof waren besprochen. Der Theorietag wurde auf Freitag festgelegt und sollte in den Räumen des Integrationsfachdienstes stattfinden. In wenigen Tagen sollte es losgehen. Da kam Post. Ein Brief vom Staatlichen Schulamt. Sinngemäß stand Folgendes drin:

Wie wir feststellen mussten, haben Sie Ihre Tochter Annemarie nicht an der Beruflichen Schule angemeldet. Da in Deutschland bis zur Vollendung des 18. Lebensjahres Schulpflicht besteht, fordern wir Sie hiermit auf, Ihr Kind umgehend anzumelden. Ansonsten sehen wir uns gezwungen, gegen Sie ein Ordnungsgeld zu erheben (es war kein niedriger Betrag) und den Besuch der Schule zwangsweise durchzusetzen.

Oh nein! Das gibt es doch gar nicht! Jetzt sollte man bestraft werden, weil man selbst aktiv geworden ist. Später sollte ich feststellen, dass genau das das Problem war. Ärger und Stress bekommen immer nur die Aktiven, denn die machen den Behörden Arbeit, weil die Prozesse nicht nach Schema F abgespult werden können.

Das Schrecklichste aber war, dass ich wegen einer Dienstreise nicht einmal sofort tätig werden konnte, um das Ganze mit dem Schulamt zu klären. Ich hatte nur durch Thomas telefonisch davon gehört und war kilometerweit von einem Behördenbesuch entfernt. Ich konnte nicht mal telefonieren, weil meine Veranstaltung fortgesetzt wurde und ich wieder zurück auf meinen Platz musste. Die nächsten zwei Stunden waren die Hölle.

Schlimmer als der Fakt selbst war die Ohnmacht, in der ich mich befand. Ich saß in einem Tagungsraum und irgendjemand laberte und laberte und ich konnte nichts, aber auch gar nichts tun. Heulen hätte ich wollen, aber selbst das musste ich mir verkneifen. Dann kam endlich die nächste Pause und ich konnte unsere Sachbearbeiterin beim Integrationsfachdienst über den Erhalt des Briefes informieren. Glücklicherweise erreichte ich sie beim ersten Anlauf. Sie versprach mir, mit dem Schulamt zu sprechen.

Auch wenn ich wieder bis zur nächsten Pause warten musste, bis ich erneut bei ihr anrufen konnte, um nach dem Klärungsergebnis zu fragen, so hatte ich das Problem schon mal teilen können, indem ich die Ansprechpartnerin mit ins Boot geholt hatte. Noch war die Situation nicht entschärft, ich aber ein wenig beruhigter. Am Ende des Tages gab es einen Termin für ein Gespräch mit dem Schulamt am Ende der Woche. Die Sachbearbeiterin des Integrationsfachdienstes wollte mich begleiten. Wenn ich das alles hätte allein durchstehen müssen, ich weiß nicht, ob ich das geschafft hätte.

Das Gespräch stand bevor. Ich war aufgeregt ohne Ende. Es hing so viel davon ab. Was soll ich sagen? Das Gespräch dauerte

keine halbe Stunde und es war alles geklärt. Der von uns einge-
schlagene Weg über die »Unterstützte Beschäftigung« erfüllte die
Berufsschulpflicht, nur war dies dem Schulamt so nicht bekannt.
Nach einer kurzen Recherche über die Inhalte dieser neuen Maßnahme, war auch diese Behörde bereit, ihre Steine von unserem
Weg zu entfernen. Ende gut, alles gut, könnte man sagen, aber
was kostete das alles für Kraft. Meine Kräfte waren langsam aufgebraucht. Noch viel mehr von solchen Hürden hätte ich wohl
nicht überwinden können.

Nachdem etwas Ruhe eingekehrt war, widmeten wir uns
einem ganz anderen Ereignis. Unsere Tochter Becky lag uns schon
lange in den Ohren, dass sie unbedingt mal mit uns ein paar Tage
in Rom verbringen wollte. Ende August, an ihrem Geburtstag,
machten wir uns auf den Weg zum nächsten Flughafen. Ich
wünschte, ich hätte vorher den Reiseführer gelesen. Hatte ich aber
nicht. Deshalb konnte ich auch nicht wissen, dass die Römer im
August Rom verlassen, weil man es dort im August vor Hitze
nicht aushalten kann. Dazu später mehr.

In Rom angekommen, brauchten wir etwa zweieinhalb Stunden, um unser Gepäck in Empfang zu nehmen. Die Zeit schritt
unaufhaltsam voran und wir waren langsam am Verhungern. Ob
wir im Hotel wohl noch etwas bekommen würden? Aber erst einmal mussten wir dahin kommen. Wir nahmen ein Taxi. Uns fuhr
ein Italiener, der nicht nur entfernt Ähnlichkeit mit Luciano
Pavarotti hatte. Das war aber nicht das eigentlich Interessante an
dieser Fahrt. Interessant wie auch spannend war die Fahrweise
des Italieners, über die man gerüchteweise ja schon mal etwas
gehört hatte. Vom Flughafen bis zu unserem Hotel überfuhr
unser Fahrer mit einem durchschnittlichen Tempo von achtzig
Kilometer pro Stunde siebzehn rote Ampeln.

Wie durch ein Wunder kamen wir unbeschadet am Hotel an.
Und ja, wir bekamen auch noch etwas zum Essen. Es war gegen
halb elf Uhr und wir saßen auf der Terrasse. An den Wänden
saßen Geckos und fingen Fliegen, die sich im Licht versammel-

ten. Die Außentemperatur betrug knapp 30 Grad. Wie warm war es dann am Tage? Das sollten wir noch herausfinden.

Am nächsten Morgen gab es neue Überraschungen. Wir saßen wieder draußen und konnten nicht fassen, dass es so einen schlechten Frühstücksservice wirklich geben kann, wie wir ihn vorfanden. Erst gab es keinen Kaffee mehr, dann keinen Aufschnitt. Dann wurden die Brötchen alle und zum Schluss gab es gar nichts mehr. Es dauerte ewig, bevor wieder Lebensmittel verfügbar waren und wir das Thema Frühstück angehen konnten. Es blieb also ausreichend Zeit, die Aussicht zu genießen. Das war auch wirklich ein Genuss, denn wir hatten freien Blick auf den Vatikan.

Dann erregte etwas anderes unsere Aufmerksamkeit. Auf den Geländern ringsherum saßen dicht an dicht Tauben. Sie drehten ihre Köpfe und man konnte nicht umhin, Parallelen zu sehen zu den Möwen in »Findet Nemo«. Genau wie die Möwen im Film schauten die Tauben uns an und man konnte es fast hören: »Meins, meins, meins.« Es war nicht nur diese Ähnlichkeit da, nein, es lief auch genauso ab. Was erschraken wir, als zwei Gäste ihren Tisch verließen und zwei Dutzend Tauben sich auf die Überreste stürzten. Geschirr flog um, fiel runter, zerbrach, was für ein Krach, was für ein Durcheinander. Jetzt waren wir Eingeweihte.

An den kommenden Morgen beobachteten wir die neuen Gäste und warteten gespannt auf das nächste Ereignis dieser Art. Dann beobachteten wir die Reaktion der »Neuen« und freuten uns ein Loch in den Bauch. Ich weiß, das ist hinterhältig und dennoch ein Spaß.

Nachdem wir uns endlich gestärkt hatten, stand als Erstes der Vatikan mit seinen Sehenswürdigkeiten auf dem Plan. Es war noch nicht mal halb elf, als wir in einer Schlange vor den Vatikanischen Museen anstanden. Es war zu dieser frühen Stunde schon so heiß, dass Annemarie mit ihren 15 Jahren anfing zu heulen. Thomas und ich verkniffen uns das, aber auch nur, weil das dämlich ausgesehen hätte. Becky hingegen, die uns das Ganze eingebrockt hatte, tat so, als machte ihr das alles gar nichts aus. Hätte ich wohl an ihrer Stelle auch gemacht. Zum Glück war das Museum klimatisiert, sodass die nächsten zwei Stunden zu ertragen waren. Wir schrieben Ansichtskarten in die Heimat, schließlich gab es einen Vatikanischen Poststempel, etwas ganz Besonderes.

Aber alles Gute hat auch mal ein Ende. Es ging wieder raus in die Hitze. Einmal um den Vatikan herum, da war der Eingang in den Petersdom. Gesichert wie Fort Knox gab es in diesem gewaltigen Gebäude so etwas wie Sittenwächter. Man durfte nicht schulterfrei herumlaufen, Basecaps mussten abgenommen werden. Das traf Thomas hart. Zu guter Letzt durfte man sich nicht mal hinhocken, was ich vor Erschöpfung bereits getan hatte. Ich wurde aufgefordert mich zu erheben, aber ich konnte echt nicht mehr stehen. Keine Chance. Augen zu und durch. Aber interessant war die Besichtigung letztendlich schon. Da lagen viele tote Päpste in Särgen. Ich könnte jetzt sagen, so viel tote Päpste habe ich noch nie gesehen, aber das ist natürlich Quatsch. Ich hatte vorher natürlich noch niemals einen toten Papst gesehen.

Es ging weiter, den Petersplatz entlang in Richtung Tiber. Es ging bergab, war deshalb vielleicht noch auszuhalten. Leider ist es in der Regel so, dass alles, was bergab geht, auf dem Rückweg bergauf bewältigt werden muss. Italienisches Eis in Italien, das stand jetzt auf dem Programm. Eine Kugel kostete drei Euro, war aber jeden Cent wert. Niemals vorher und niemals danach habe ich so ein tolles Eis gegessen. Wir liefen weiter, am Tiber entlang, über den Tiber hinweg. Zurück wollten wir auf keinen Fall laufen. Wir suchten die U-Bahn. Auf unserem Stadtplan war eine eingezeichnet. Wir fanden sie aber nicht, da war gar nichts zu sehen, was man für einen Eingang hätte halten konnte. Wir fragten einen Römer. Der schmunzelte. Die eingezeichnete U-Bahn-Linie befand sich in Planung, es gab sie noch gar nicht.

Was das heißt, ist doch klar, oder? Wir mussten wieder zurücklaufen, wie gesagt, nun bergauf. Anni fing wieder an zu heulen.

Es nervte tierisch. Trotz allem hatte ich Verständnis für sie. Sie war ja schwerbehindert und längere Gehstrecken fielen ihr deutlich schwerer als uns. Nur hatten wir keine andere Wahl. Mit letzter Kraft erreichten wir das Hotel und unser klimatisiertes Zimmer und weigerten uns, vor Sonnenuntergang noch einen Fuß nach draußen zu setzten. So lange musste auch das Abendessen warten, ein weiterer Grund für Anni, zu jammern.

Am nächsten Tag stand Geschichte auf dem Plan. Wir fuhren mit einer U-Bahn zum Kolosseum. Beim Umsteigen hätte es beinahe eine Tragödie gegeben. Wir waren zu dritt schon im Zug. Einzig unser Küken stand noch auf dem Bahnsteig. Während des Einsteigens schloss die Tür. Anni war weder drin noch draußen. Panik ereilte uns. Mit aller Macht und Gewalt zerrten wir an der Tür. Ein Fahrgast sprang sofort an unsere Seite, um zu helfen. Mein Herz setzte aus. Unter Einsatz aller verfügbaren Kräfte gelang es uns, die Tür so weit zu öffnen, dass Anni hereingleiten konnte. Jetzt heulte ich. Es dauerte eine ganze Weile, bis der Adrenalinüberschuss abgebaut war. Was alles hätte passieren können, wollte ich mir gar nicht vorstellen. Es macht mir heute noch Angst.

Im Kolosseum angekommen, gelang es Becky und mir nicht mehr, den Rest der Familie dazu zu bewegen, einen Rundgang zu machen. Sie streikten und setzten sich in den Schatten. An dem Punkt war ich noch nicht. Wenn man an so einem geschichtsträchtigen Ort ist, muss man ihn doch anschauen. Doch nachdem ich mir diese Stätte dann persönlich angesehen hatte, hatte sich nichts verändert. Das Kolosseum stand noch da und ich war auch noch dieselbe. Was sollte mir das sagen? Ich fand die Antwort umgehend. Die nächste Besichtigung im Forum Romanum musste Becky ganz allein unternehmen. Ich wollte nicht mehr. Zu dritt suchten wir ein schattiges Plätzchen und ließen unsere große Tochter allein durch die Hitze schlendern. Sie hatte es ja so gewollt. Im Übrigen tat sie immer noch, als mache ihr das alles nichts aus.

Die einzige Chance, ein bisschen Italien gemeinsam zu erleben, sahen wir darin, den dritten und letzten Tag am Meer zu verbringen. Der einzige Ort, an dem wir hofften, dass es sich aushalten lässt. Der Strand war nicht besonders attraktiv, es gab nur ein eingezäuntes kleines Stück zum Baden. Der Rest war wohl wegen massiver Strömungen zu gefährlich. Auch der Strandsand war gewöhnungsbedürftig. Offenbar vulkanischen Ursprungs war er fast kohlrabenschwarz. Nicht nur »dreckig« war er, sondern auch noch unglaublich heiß. Ohne Schuhe konnte man sich definitiv nicht vorwärts bewegen. Und trotzdem war dieser römische Ausflug der erste ohne Heulen und ohne Saunabedingungen.

Am nächsten Tag flogen wir wieder nach Hause, nicht ohne weitere rote Ampeln auf dem Weg zum Flughafen zu überfahren. Was hatten wir gelernt? Rom ist sehr schön, aber definitiv nicht im August. Und noch etwas: Reiseführer sollte man vor der Buchung lesen.

Herbst 2009

Anni begann ihren neuen Lebensabschnitt. Alles funktionierte wie ein Uhrwerk. Unsere Tochter wurde früh durch einen Fahrdienst abgeholt, lernte Pferdepflege durch »Learning by Doing« und wurde nachmittags zurückgebracht. So hatten wir uns das vorgestellt, so lief es, so sollte es sein.

Noch etwas Tiefschürfendes ereignete sich in diesem Herbst. Unser Landesverband für den Pferdesport schrieb erstmals auf einem großen attraktiven Turnier Prüfungen für Para Equestrian, also Handicapreiten, aus. Ein Traum war in Erfüllung gegangen, Inklusion auf ganzer Linie. Die Akzeptanz für den Sport unserer Tochter war deutlich gestiegen. Völlig gleichberechtigt starteten die Handicapreiter in ihrer Liga vor großem Publikum.

Auch die Ehrenpreise unterschieden sich nicht von denen, die für die Prüfungen der Regelsportler bereitgestellt wurden. Da

Anni das Turnier gewann, erhielt sie dort zum zweiten Mal in ihrem Leben eine Siegerdecke für das Pferd. Der Anfang war gemacht, auch in unserem Bundesland war Dressurreiten mit Handicap eine offizielle Disziplin des Pferdesports.

Es folgte ein Regelturnier. Jeweils im direkten Vergleich mit dreißig nicht behinderten Reitern schaffte Anni einen fünften und einen dritten Platz in einer A-Dressur, erstmals auch mit einer 7-er Note. Jetzt war der Knoten geplatzt. In dieser Liga konnte Annemarie mitspielen, hier war sie immer für eine Platzierung gut.

Oktober 2009

Kurzerhand entschlossen wir uns, dieses Turnierjahr um einen weiteren internationalen Start zu erweitern. Wir meldeten uns für Mulhouse in Frankreich an. Nach Abschluss aller Formalitäten machten wir uns auf den Weg. Die Fahrt war lang, wie gewohnt, aber unspektakulär. Vor Ort angekommen, wurden wir herzlich empfangen. Von allen Gastgebern sollte dieser uns auf lange Zeit der liebste bleiben. Hier wurde Völkerfreundschaft gelebt, hier waren die Sportler und ihre Helfer eine große Familie. Anni hatte in ihrem Behindertengrad sechs oder sieben Konkurrenten aus den unterschiedlichsten Ländern. Wir ließen uns überraschen, hofften auf eine Platzierung.

Annis erster Start schlug wie eine Bombe ein. Sie ritt geradezu majestätisch ihre Runden. Konzentriert wie selten, gab es wenig Fehler. Den Rest des Pfundes brachte natürlich das Pferd mit, der Lettische Hunter vom Leistungsstützpunkt. Das Gesamtbild war ästhetisch anzusehen. Die Tierärztin, welche wir schon 2008 in Bischwiller kennengelernt hatten, bezeichnete Anni als die Reiterin mit der größten Harmonie zwischen Reiter und Pferd. Die Richter mussten es ähnlich gesehen haben, denn Anni gewann diese Prüfung. Wir konnten es gar nicht fassen, Anni war Gewinnerin einer Dreisterneprüfung.

Die Emotionen überwältigten uns. Es folgte die Siegerehrung. Für unsere Tochter, für unseren »Pflegefall«, wurde die deutsche Flagge gehisst und die deutsche Nationalhymne gespielt. Anni saß auf dem Pferd, die Zügel in einer Hand, in der anderen Hand den riesigen Pokal, den sie für ihren Sieg erhalten hatte. Ich glaube, dass jeder verstehen kann, dass uns Eltern die Tränen liefen. Diesen Moment werden wir nie vergessen. Zum Glück gab es jemanden, der diese Minuten mit einer Kamera für die Ewigkeit festgehalten hat. Das war für uns die Spitze des Eisberges. Das Turnier hatte unsere Hoffnungen und Erwartungen bereits übertroffen. Alles Positive, was jetzt noch kommen würde, wäre reine Zugabe.

Es war kaum zu glauben, aber am zweiten Tag das gleiche Bild. Anni ganz vorn. Mit dem Pokal in der Hand lauschte sie der Hymne, die für sie gespielt wurde. Jetzt wurde es unheimlich – oder doch nur unheimlich schön? Unsere Trainerin hatte eine Fünfliterflasche Sekt und sagte: »Diese Flasche habe ich immer im Auto dabei, für einen ganz besonderen Moment. Der ist jetzt gekommen.« Wir saßen mit Reitern, Helfern, Trainern und Richtern aus unzähligen Nationen im Versorgungszelt zusammen. Einer goss ein und ich verteilte die Becher. Die Französische Richterin rief: »Auf Anni!« Unser Kind hatte wirklich bleibenden Eindruck hinterlassen.

Den dritten und letzten Tag schloss Annemarie mit einem zweiten Platz ab. Bei der Musikkür musste sie sich einer jungen Französin geschlagen geben. Eines stand fest, nach Mulhouse würden wir wieder fahren, sollte dort erneut ein Turnier ausgetragen werden. Auf der Internetseite dieses Reitvereins sind ungefähr zwanzig Fotos aus unterschiedlichen Jahren von unterschiedlichen Turnieren. Nur unsere Annemarie ist insgesamt drei Mal zu sehen.

Es gibt ein Foto, wo sie auf der Wiese des Innenhofes in Turniersachen sitzt, das Pferd am Strick grasend daneben. Eine Siegerin mit ihrem Siegerpferd, ein Paar wie Pech und Schwefel. Ein schickes Pferd und ein sehr hübsches Mädchen. Wir wollen nicht vergessen, Anni war zu diesem Zeitpunkt noch keine sechzehn Jahre alt.

Nach Hause zurückgekehrt, war Anni nun endgültig ein kleiner Star. Zeitung, Radio und Fernsehen interessierten sich für sie. Mich sprachen Leute an und fragten, ob das »die« Annemarie ist, die in der Zeitung steht, die, über die im Fernsehen berichtet wurde.

Kurz nach Annis Geburtstag hatten wir eine Anfrage des Südkoreanischen Fernsehens. Ja, ich habe mich nicht verschrieben. Südkorea in Südostasien interessierte sich für unsere Tochter und ihren Sport. Die Südkoreaner hatten sich vorgenommen, den Parasport stärker zu fördern. Für das Dressurreiten mit Handicap sollte in Deutschland eine Dokumentation gedreht werden, um den Sport im eigenen Land bekannter zu machen. Ich weiß nicht mehr, wie die Kontakte zum Trainingsstützpunkt zustande kamen, auf alle Fälle sollten dort die Dreharbeiten stattfinden.

Unsere Annemarie war wegen ihrer Einschränkungen bekanntlich nicht der kommunikativste Typ. Man könnte auch sagen, dass es damals eher schwierig war, überhaupt etwas aus ihr herauszubekommen. Menschenmassen, die über sie herfielen, waren ihr zutiefst zuwider, und das machte sie auch deutlich. Das Fernsehteam war trotzdem nicht davon abzubringen, Annemarie in den Mittelpunkt der Dokumentation zu stellen. Sie bestanden darauf, Anni sollte ihr Star sein. Wir Eltern fühlten uns natürlich geehrt, waren doch die Gründe für die Auswahl eindeutig Leistung, Jugend und Attraktivität. Wir gaben uns also die größte Mühe, um Anni bei Laune zu halten.

Am Leistungsstützpunkt wurden neben den Örtlichkeiten auch Trainingsvorbereitung und Trainingsdurchführung gefilmt. So weit, so gut. Die Aufnahmen waren im Kasten, da wurde eine zusätzliche Bitte an uns herangetragen. Man wollte auch das persönliche Umfeld unserer Tochter in den Beitrag einbauen, Filmaufnahmen zu Hause. Darauf waren wir gar nicht vorbereitet. Wir wollten aber auch nicht ablehnen.

Unser Auto zweimal auf unseren Hof fahren, weil beim ersten Mal die Kamera noch nicht stand. Zurück auf die Straße und neue Auffahrt zu unserem Haus. Jetzt war alles im Kasten. Die nächsten Aufnahmen wurden in Annemaries Zimmer gedreht. Es war ganz schön eng mit der Filmcrew auf knapp zehn Quadratmetern. Und ausgerechnet jetzt machte Anni vollständig dicht. Es kam kein Ton mehr über ihre Lippen. Sie schaute niemanden mehr an und machte schon gar nicht, was man ihr auftrug. Na toll. Und nun?

Der Regisseur und vor allem die nette Übersetzerin redeten mit Engelszungen auf Anni ein. Schließlich ließ sie sich überreden, weiterzumachen. Sie sollte sich an ihren Schreibtisch setzen und eine DVD von »High School Musical« in die Hand nehmen. Auf diese sollte sie einen sehnsuchtsvollen Blick werfen. Die Kamera hing über ihrer Schulter mit Großaufnahme vom Cover. Der Regisseur hatte die Idee, weil genau diese Teeniefilme auch in Südkorea zu dieser Zeit voll angesagt waren. Die jungen Menschen in seiner Heimat sollten in Annemarie eine ganz normale Jugendliche erkennen, eine Jugendliche mit den gleichen Hobbys und Sehnsüchten.

Im Anschluss wurden die Wände und Regale gefilmt, Großaufnahmen von Annis Trophäen, den Zeugnissen ihres Erfolges. Ich weiß noch, dass die Übersetzerin die Schleifen zählte und aus dem Staunen nicht mehr herauskam. Dann machte ich eine große Schublade auf. Schon längst waren nicht mehr alle Schleifen an den Wänden unterzubringen. Die Schublade war voll bis zum Rand.

Wenn man es recht bedenkt, habe ich damals ganz schön angegeben und mache es genau in diesem Moment auch, andauernd. Ich weiß das, und ich finde es trotzdem nicht verwerflich. Was wir für die Entwicklung unsere Tochter geleistet haben, muss uns erst einmal jemand nachmachen. Einfach war es ganz bestimmt nicht immer, und viel Kraft hat es auch gekostet, mehr als sich mancher vorstellen kann.

Die Dreharbeiten wurden fortgesetzt. Als Nächstes stand ein Interview mit Mama und Papa auf dem Programm. Thomas und ich mussten uns auf das Sofa setzen und uns wurden Fragen gestellt. Wir kamen uns komisch vor. Es muss völlig albern ausgesehen haben, etwa so wie in der Wochenshow: »Komm ich jetzt ins Fernsehen?« Sie wollten alles wissen, von der Geburt, der Prognose, dem Kampf, unseren Anstrengungen, von den Erfolgen. Ein Leben in zwanzig Minuten. Am Ende waren wir emotional geschafft und froh, unsere Gäste zu verabschieden. Wir bekamen ein kleines Geschenk überreicht und die Dankbarkeit sowie Höflichkeit südostasiatischer Kultur zu spüren.

Zum Schluss gab es noch eine lustige Anekdote. Die Crew hatte bei uns im Garten einen Apfelbaum, einen Golden Delicious, mit riesengroßen gelben und reifen Früchten entdeckt. In diesem Herbst waren die Früchte so groß und so perfekt wie in keinem anderen Jahr. Unsere Gäste waren fasziniert. Äpfel gibt es doch im Supermarkt, in der Obstabteilung! Ja, Großstadtkinder können die wahre Natur und ihre Früchte kaum begreifen. Thomas pflückte auf der Stelle ein paar der schönsten Äpfel und gab diese den Koreanern mit auf den Weg.

Dann waren wir wieder zurück in der wahren Welt und endlich wieder allein. Den fertigen Film haben wir leider nie gesehen und auch nie wieder etwas aus Südkorea gehört.

Dezember 2009

Der Trainingsstützpunkt startete einige Aktivitäten, um den Handicapreitsport bekannter zu machen. Ein wichtiger Schritt in die Öffentlichkeit wurde mit der Teilnahme an der Hippologica, der berühmten Pferdemesse in Berlin, vollzogen. Der Trainingsstützpunkt beteiligte sich mit einem Infostand, und viel wichtiger noch, mit einem Showprogramm.

Wir freuten uns wahnsinnig über diese Chance, die man uns hier bot. In der großen Messehalle vor einigen hundert Zuschauern durften die Handicapreiter auftreten. Das war nicht nur spannend, sondern auch ein wenig abenteuerlich. So eine Atmosphäre können nicht alle Pferde nervlich verkraften. Ach, was sage ich, die wenigsten Pferde bleiben vor solcher Kulisse gelassen. Da mussten unsere Reiter jetzt durch. Der Sprecher bat um Ruhe in der Halle und forderte das Publikum auf, den Beifall zu unterlassen. Die Mädels ritten jedoch eine so gelungene Formation, dass instinktiv der Applaus lostobte.

Mir blieb das Herz stehen. Was sollten wir tun, wenn die Pferde nun frei drehen? Ich konnte gar nicht mehr hinschauen. Aber nichts. Es passierte nichts. Die Mädels waren so taff, dass sie unerschrocken, wie sie selbst waren, den Pferden so viel Vertrauen einflößten, dass auch diese völlig relaxt waren. Diese Veranstaltung war die erste dieser Art und sollte definitiv nicht die letzte sein. Eine Hippologica ohne Para Equestrian hat es seit diesem Auftritt nicht mehr gegeben.

Im Winter gab es einige Veranstaltungen, an denen Anni teilnehmen durfte. Da gab es zum Beispiel die Sportlerehrung des Landessportbundes, die ausschließlich Deutschen Meistern vorbehalten ist. Da Anni das Deutsche Nachwuchschampionat für sich entschieden hatte, gehörte sie in den Kreis der zu Ehrenden.

Des Weiteren wurde Annemarie erstmals in den Landeskader des Pferdesportverbandes unseres Bundeslandes aufgenommen. Auch das war eine große Ehre. Die Landeskader erhielten damals schon vom Hauptsponsor des Jugendreitsports Reitsportausrüstung, zum Beispiel Jacken, Satteldecken und Abschwitzdecken. Dort ist jeweils das Kaderabzeichen aufgenäht. Mit diesem Erkennungszeichen wurde man plötzlich auf den Turnieren sichtbar, man machte auf sich aufmerksam.

Das Jahr 2009 war bis dahin das mit Abstand erfolgreichste Jahr in Annemaries sportlicher Karriere. Es gab keinen Grund, warum 2010 nicht genauso gut oder sogar noch besser werden sollte. Das glaubten wir zumindest.

Das Jahr fing an und hatte bei mir schon im Februar jeglichen Kredit verspielt. Die Agentur für Arbeit meldete sich. Man hätte sich geirrt. Annemarie wäre laut ärztlichem Gutachten in der Lage, öffentliche Verkehrsmittel zu benutzen. Aus diesem Grund wurde die Zusage der Bezahlung eines Fahrdienstes zu ihrer Maßnahme zurückgezogen. Da waren sie wieder, unsere drei Probleme. Ich erspare mir diesmal das Aufzählen, denn tatsächlich waren es viel mehr unlösbare Aufgaben.

Es ist interessant zu wissen, dass es in der Welt der Behörden eine eigene Logik gibt, die stets und immer wieder als Argumentation herhalten muss. In unserem Fall, unserem »Pflegefall«, noch unzählige Male in den folgenden Jahren. Wenn jemand bezogen auf seine Behinderung öffentliche Verkehrsmittel benutzen könnte, spielt es überhaupt keine Rolle, ob öffentliche Verkehrsmittel überhaupt verkehren. Wie der behinderte Mensch seine Ausbildung, Maßnahme oder Arbeit erreicht, ist allein sein Problem. Das findet alles statt unter der Überschrift »Teilhabe behinderter Menschen am Arbeits- und Berufsleben«. In Annemaries Fall hieß das, ein Fahrdienst wird nicht mehr bezahlt, öffentliche Verkehrsmittel sind keine vorhanden.

Und wieder brach eine Welt zusammen. Nun hatte man sich selbst gekümmert, hatte eine Zukunft für sein Kind gefunden, doch die Steine auf unserem Weg wurden immer mehr statt weniger. Welche Optionen hatten wir? Gab es überhaupt noch welche? Die Bundesagentur gab uns sechs Wochen Zeit, die Angelegenheit zu klären, bis dahin sollte erst einmal alles weiterlaufen.

Wir machten zu Hause eine Krisensitzung. Egal wie lange und in welche Richtung wir diskutierten, es gab nur eine Möglichkeit. Anni musste am Arbeitsort eine Wohnung nehmen. Wir reden hier über ein knapp sechzehnjähriges Mädchen, welches wegen einer Hirnschädigung eine körperliche Behinderung und eine extreme Entwicklungsverzögerung hatte. Dieses Mädchen mussten wir jetzt, allein auf sich gestellt, in die Welt entlassen. Ja, ich weiß, ich dramatisiere mal wieder. Aber ich weiß auch, wie die Geschichte ausgegangen ist, ich weiß in welchem Zustand wir sie wiederbekamen.

Wir machten uns also auf die Suche nach einer kleinen Wohnung und wurden fündig. Es musste aber noch eine ganze Menge Zeit und Geld investiert werden, um die Bude bewohnbar zu machen, aber wir bekamen es hin. Die Einrichtung besorgten wir überwiegend bei eBay und bald war alles bezugsfertig. Da Thomas und ich nach wie vor berufstätig waren, mussten wir unser Kind am Sonntagabend wegbringen und am Donnerstagabend wieder holen, damit sie am Freitag ihren Theorietag beim Integrationsfachdienst ableisten konnte.

Der erste »Abgebesonntag« war gekommen und wir brachten unser Kind in ihre eigenen vier Wände. Es zerriss uns das Herz. Heulend an uns geklammert, stand sie da. Es half weder Zuspruch noch Drohung. Anni war völlig verängstigt und hilflos und trotzdem befreiten wir uns von ihrer Umklammerung und fuhren einfach davon. So weit war es gekommen, so herzlos sind wir geworden, so herzlos hat man uns gemacht.

Irgendwann beruhigte sich Anni und ging in ihrem Alltag einigermaßen geradeaus. Die Szenen sonntags an der Haustür wiederholten sich jedoch noch viele Male. Für mich war der Donnerstag ebenfalls ein schlimmer Tag. Nach meiner Arbeit fuhr ich den weiten Weg bis zu Annis Arbeitsplatz. Da sammelte ich sie ein. Dann fuhren wir gemeinsam zu ihrer Wohnung und machten diese gemeinsam sauber. Im Anschluss fuhren wir zum nächsten großen Supermarkt und kauften für Anni Lebensmittel für die neue Woche. Danach machten wir uns auf nach Hause. Selten kamen wir vor 22 Uhr dort an. Weder ich noch mein Kind hatten am nächsten Tag frei, mussten also wieder früh aufstehen. So verging Woche um Woche und wir fanden unseren Rhythmus, jedoch einen sehr mühseligen. Aber das große Ende sollte noch auf uns zukommen. Zu diesem Zeitpunkt haben wir das noch nicht gesehen, ja noch nicht einmal geahnt.

Sportlich begann das Jahr nicht besser. Annis Sportpartner, der erfolgreiche Lettische Hunter, wurde für andere Aufgaben benötigt. Anni war von einem auf den anderen Tag pferdelos und somit perspektivlos. Sie durfte einige Alternativen probieren, aber nichts funktionierte wirklich. Die Chancen, ein passendes Pferd zu finden, lagen immer noch bei eins zu hundert.

Das erste internationale Turnier nahte und wir standen uns mit unserem Ehrgeiz im Wege. Statt sinnvollerweise auf einen Start zu verzichten, meldeten wir Anni mit einer nicht funktionierenden Alternative an. An dieser Stelle will ich dieses Pferd, einen braunen Mixwallach, in Schutz nehmen. Er konnte nichts dafür, dass er unseren Anforderungen nicht entsprach. Er hatte einfach kein ausreichendes Potenzial, und außerdem konnte Anni ihm nicht verständlich machen, was sie von ihm wollte.

Es kam, wie es kommen musste. Viel Aufwand, herbe Enttäuschung, viele Tränen und extreme Frustration. Hinzu kommt, dass man mit solchen Ritten seinen guten reiterlichen Namen verspielt. Es bleibt immer das letzte Bild im Gedächtnis, und das war alles andere als schön. Tiefpunkt! Für Mai war ein weiteres Turnier geplant. Dieses sagten wir ab.

Mai 2010

Überraschende Wende. Plötzlich durfte Anni zurück aufs Erfolgspferd. Bloß nicht fragen, warum! Wir nahmen den Umstand als Geschenk an und nahmen die Absage zurück. Diesmal ging es in den Norden, was uns sehr entgegen kam. Wir fuhren nach Dänemark, in die Nähe von Kopenhagen.

Das Gefühl war sehr gut. Nachdem der Vetcheck überstanden war, gab es am Abend eine Mannschaftsbesprechung. Es gab fünf deutsche Teilnehmer, vier durften ins Team. Anni blieb draußen. Wieder eine Enttäuschung. Nicht nur wegen des Gefühls der

Ablehnung, sondern weil es definitiv die falsche Entscheidung war. Es tröstet hinterher auch nicht wirklich, zu wissen, dass Anni von allen Deutschen die besten Noten bekam und dass die Mannschaft mit Anni den Nationencup gewonnen hätte. Hätte, hätte, Fahrradkette!

Anni überraschte mit einem frischen Ritt und sicherte sich in einem starken Feld den zweiten Platz in der ersten Prüfung. Am zweiten Tag war sie schon morgens an der Reihe und zeigte wieder Nervenstärke. Noch einmal ein hervorragender zweiter Platz. Zur Freude über die gute Leistung und die Platzierung kam noch etwas anderes hinzu. Ich, die stolze Mutter, wartete am Bildschirm auf die Noten. Plötzlich standen zwei der fünf Richter hinter mir. Die Norwegerin sprach zu dem Belgier in englischer Sprache. Soweit ich alles verstehen konnte, sagte sie: »Ich liebe das deutsche Mädchen. Sie hat eine tolle Art zu reiten und sitzt besonders aufrecht und gerade.« Das ging runter wie Öl. Die sprachen über meine Annemarie. So ein Lob, das vergisst man nicht.

Wir nutzten den schönen Nachmittag und fuhren nach Kopenhagen. Eine Stadtrundfahrt stand auf unserem Programm. Ich erwartete nicht viel, da wir doch schon einmal in dieser Stadt waren. Vor vielen Jahren, in der Zeit, wo Annemarie ihre Anfälle hatte. Ich hatte nichts Schönes in Erinnerung. Eine düstere Stadt ohne Attraktionen, einfach nur hässlich. Ich glaube heute, dass wir damals in unserem schlechten psychischen Zustand gar nichts Schönes sehen konnten. Düster wie die Seele war auch das wahrgenommene Umfeld.

Bei dieser Stadtrundfahrt im Mai 2010 war alles anders. Ich erklärte Kopenhagen zur drittschönsten Hauptstadt Europas, gleich nach London und Budapest. Solch glamouröse Gebäude, die breiten Straßen mit ihren palastartigen Bauten, der Hafen, das Wasser, der Tivoli und nicht zuletzt natürlich Christiania, die einzigartige Stadt in der Stadt. Anni schlummerte längst vor sich hin. Ein teurer Platz für eine Stunde Schlaf. Was soll`s sie hatte es sich verdient.

Der dritte Tag war der Tag der Musikküren. Wir hatten eine wunderbare Kür geschrieben. Sie war sehr schwierig, hatte viele Höhepunkte und sollte trotzdem die Vorzüge von Pferd und Reiter herausstellen. Ich erwähnte ja bereits, dass die Kür mitunter eine Wackeldisziplin war. Das war sie auch dieses Mal, nur aus völlig anderen Gründen. Anni fing super an. Sie ritt weiter, fehlerfrei. Sie ritt die Prüfung bis zum Ende, perfekt. Zufrieden, überall Applaus. Plötzlich diskutierten die Richter, alle auf einem Haufen. Das konnte nichts Gutes bedeuten. Als alle Richter wieder zurück in ihren Häuschen waren, ging der Wettkampf weiter. Auf Annis Note warteten wir vergeblich. Große Irritation.

Der Teamchef machte sich auf den Weg, um der Sache auf den Grund zu gehen. Das Ergebnis war niederschmetternd. Eine Richterin hatte erkannt, dass statt einer rechten und einer linken Volte (Pflichtelemente) zwei rechte Volten geritten wurden. Da die anderen Richter dies nicht bestätigen konnten, musste das Video zum Beweis herangezogen werden. Dies sollte im Anschluss an den letzten Prüfungsritt erfolgen. Ich brauchte gar nicht bis dahin warten. Ich ging in Gedanken die Kür durch und musste feststellen, dass die Linksvolte wirklich fehlte. Diesmal musste ich mir die Jacke anziehen. Der Fehler war einzig und allein meiner, schließlich hatte ich die Choreografie geschrieben.

Der Videobeweis brachte nichts anderes. Es gab erheblichen Punkteabzug und Anni landete im Mittelfeld. Dumm gelaufen. Trotz alledem waren wir mit dem Gesamtverlauf des Turniers sehr zufrieden. Nach Aushändigung der Protokolle gab es auch noch etwas zum Schmunzeln. Vier der fünf Richter hatten Anni für die nicht vorhandene Linksvolte schon eine Note gegeben, bevor das Veto eingereicht wurde.

Noch bevor wir Dänemark verlassen hatten, war die Kür umgeschrieben und für kommende Wettkämpfe waren alle Pflichtelemente enthalten.

Juni 2010

Es ging Schlag auf Schlag. Unser Lieblingsturnier stand auf dem Programm. Mulhouse in Frankreich stellte sich wieder einmal als Veranstalter. Um nichts in der Welt hätten wir das verpassen wollen. Nach erfolgreichem Abschluss aller Formalitäten machten wir uns auf den Weg. Alles lief problemlos. Wir waren voller Erwartungen, hatten ja noch das letzte Turnier auf dem Schirm. Aber nichts kommt wieder, nichts bleibt, wie es ist, ständig wird man mit neuen Situationen konfrontiert.

Was war anders? Alles! Vor Ort fanden wir ein riesiges Starterfeld, kein kleines, feines Turnier. Es fand sich fast die gesamte deutsche Nationalmannschaft in Mulhouse ein. Damit waren die Chancen auf ähnliche Platzierungen wie im Vorjahr rapide gesunken. Allein durch die Beteiligung der deutschen Starter (Deutscher Meister, Vizemeister mit zwei Pferden) war von der Papierform nur noch ein vierter Platz möglich. Und natürlich war auch starke ausländische Konkurrenz vorhanden.

Das Gute aber war, dass Annemarie keinesfalls Überlegungen dieser Art aufstellte. Dazu reichte ihr Vorstellungsvermögen nicht aus. Sie ging also voller Selbstbewusstsein und Sorglosigkeit in die Wettkämpfe. Das Ergebnis waren drei zweite Plätze. Sie hatte die deutsche Vizemeisterin gleich dreimal geschlagen. In der Musikkür, diesmal ohne irgendwelche Pannen, hatten sogar zwei der fünf Richter unsere Tochter vor der Deutschen Meisterin gesehen.

So kann es kommen. In Anbetracht der vorhandenen Konkurrenz kann man bei diesem Ereignis von dem bis dahin größten sportlichen Erfolg sprechen.

Juli 2010

Hitze in Europa und wir mittendrin. Auf der deutschen Meisterschaft mit internationaler Beteiligung in Bochum war es vor Hitze nicht auszuhalten. Temperaturen von 38 bis 40 Grad waren tagsüber keine Seltenheit. Selbst am Abend nach 22 Uhr mühte sich das Thermometer, um unter die 30-Grad-Marke zu rutschen.

Rein sportlich lief es nicht so gut wie auf den vergangenen Turnieren. Dies hatte im Wesentlichen zwei Ursachen. Einerseits bekommen Newcomer im eigenen Land niemals die Noten, die sie wirklich verdient hätten, andererseits fehlte auch ein wenig die Präzision und die Energie der letzten Wochen. Es reichte trotzdem für drei Schleifen und einen vierten Platz in der Meisterschaft. Zufrieden waren wir nicht, aber enttäuscht auch nicht.

Etwas ganz anderes war viel spannender. Nach einigen Dopingtests bei den Pferden hatte Annemarie in Bochum ihre erste Dopingkontrolle als Sportlerin. Das war vielleicht aufregend. Da Anni noch nicht volljährig war, durfte ich sie begleiten. Urinprobe, Gefäß wählen, selbst verschließen, A-Probe, B-Probe, alles so, wie man es aus dem Fernsehen kennt. Anni musste die ganze Zeit über kichern, weil wir den niederländischen Reiter gesehen hatten, der mit der Wasserflasche in der Hand auf das erlösende Bedürfnis wartete.

Bochum ging zu Ende und mit Bochum endete endgültig die Reiter-Pferd-Partnerschaft von Anni und dem Lettischen Hunter. Dieses Pferd war mal wieder für höhere Aufgaben vorgesehen. Es sollte bei den Weltreiterspielen in Kentucky für eine andere Nation an den Start gehen.

An dieser Stelle möchte ich Danke sagen: Danke an das Pferd für die Leistungsbereitschaft in diesen zwei Jahren. Danke auch an den Leistungsstützpunkt für die Chance, die Anni bekam, indem sie dieses tolle Pferd reiten durfte.

Spätsommer 2010

Wieder einmal standen wir am Anfang, mussten uns pferdetechnisch neu orientieren. Wir hörten uns um, hofften auf eine Idee, vielleicht auch auf ein Wunder. In einigen Ländern ist es üblich, dass Spitzensportler Patenschaften für Parasportler übernehmen.

Konkret heißt das, dass zum Beispiel ein erfolgreicher Dressurreiter einem Handicapreiter ein exzellentes Pferd für den Leistungssport zur Verfügung stellt und dass dieses Pferd durch den Spitzensportler ausgebildet, trainiert und korrekturgeritten wird. In wieder anderen Ländern gibt es strukturierte Förderprogramme über die Sportförderung und sonstige Sponsoren, wo Millionen für den Kauf, die Ausbildung und den Beritt der Paradressurpferde ausgegeben werden. Das alles gibt es in Deutschland nicht oder nur vereinzelt. Selbst ist der Mann! Eigene Initiative, eigenes Geld und eigene Energie sind gefordert.

Wir fanden ein Endmaßpony namens Darleens Darling. Vieles sprach für diese Stute. Wir konnten sie leihen, mussten sie nicht kaufen. Sie hatte Talent, zweifellos. Anni konnte sie reiten, sich durchsetzen, durchaus ein gutes Bild machen. Das Pferd hatte nur einen Fehler. Es war zügellahm. Zügellahmheit entsteht in der Regel durch reiterliche Fehler über einen langen Zeitraum. Das Resultat sind teilweise extreme Taktstörungen in einer oder mehreren Gangarten. Bei Darleen waren es Fehler im Schritt.

Nach einigen Wochen konstanter Bemühungen mussten wir diese Allianz beenden, aus unserer Sicht würde es keine Verbesserung des Taktes geben. Es war wirklich schade, aber mit diesem Makel kommt man im Spitzensport nicht durch die erste Prüfung. Bei solchen Taktstörungen tönt gnadenlos die Glocke des Richters und es folgt die Disqualifikation.

Wir trafen eine Entscheidung. Wenn uns niemand ein Pferd zur Verfügung stellen will, dann müssen wir uns ein eigenes anschaffen. Was waren wir damals dumm! Wir haben uns eingebildet, dass wir Experten sind und viel Ahnung hätten. Es kam, wie es kommen musste, dem Erstbesten sind wir auf den Leim gegangen. Wir kauften einen zehnjährigen Hengst, schicker Typ, aber mit offensichtlich zwielichtiger Vergangenheit. Wenn man nicht weiß, was das Pferd in seinem Leben bisher durchmachen musste, dann weiß man auch nicht, ob das Pferd noch in der Lage ist, sich anzupassen und Vertrauen zum Menschen entwickeln kann.

Im Oktober kauften wir unseren Rascal und waren unheimlich stolz auf unseren Zuwachs. Gedanklich waren es nur noch ein paar Trainingseinsätze, und der Rest der Welt musste sich vor Anni und ihrem Pferd in Acht nehmen. Leider kam es überhaupt nicht so, wie erhofft. Das erste Problem war das Thema Hengst. Dieses hatten wir völlig unterschätzt. Die Haltung ist schwierig und mit dem Hengstgehabe muss man auch erst einmal umgehen können. Konnten wir nicht, also ab in die Klinik zur Kastration.

Der frische Wallach war eine ganze Weile kaum anders als ein Hengst. Aber irgendwann beruhigten sich die Gemüter und Anni konnte ernsthaft mit dem Training beginnen. Dann kam der Winter, es kam das Frühjahr. Jetzt sollte es losgehen. Stattdessen wurde Rascal lahm, stocklahm. Kein Tierarzt fand eine Ursache, niemand konnte helfen. Wir standen wieder am Punkt »Null«, hatten aber zusätzlich die Kosten für ein Pferd zu tragen, welches uns nicht zur Verfügung stand.

Im Laufe des Winters hatten sich weitere Probleme aufgetan. Nun, etwa eineinhalb Jahre nach Beginn von Annemaries Maßnahme und zirka einem Jahr nach Einzug in ihre eigenen vier Wände zeigte Annemaries körperlicher Zustand dramatische Veränderungen. Sie hatte enorm an Gewicht verloren und die Haare gingen ihr büschelweise aus. Sie hatte einen sogenannten kreisrunden Haarausfall. Offensichtlich war sie völlig überfordert mit dem Umstand, sich in der Woche allein zu versorgen. Obwohl wir, wie beschrieben, die Einkäufe für Anni tätigten, nahm sie keine regelmäßigen und ausreichenden Mahlzeiten zu sich. Hinzu kam die psychische Überforderung durch die Trennung von ihrer Familie. Uns war klar, wenn sich nicht schnell etwas ändert, drohen bleibende physische und psychische Schäden. Mit Unterstützung des Integrationsfachdienstes konnten wir den Sachbearbeiter der Bundesagentur für Arbeit überzeugen, dass wir für das letzte halbe Jahr der Maßnahme den Praktikumsbetrieb wechseln mussten.

Anni kam nach Hause. Die Wohnung war schnell aufgelöst. Ihr neuer Praktikumsbetrieb war der Reiterhof in unserer Nähe, wo auch unsere Pferde untergebracht waren. Alles war erst einmal gerettet und geregelt, aber unsere Tochter war kaum zu gebrauchen. Wir versuchten sie mit allen Mitteln aufzupäppeln. Dabei ließen wir nichts aus. Unter anderem kaufte ich in einer Apotheke Multisanostol. Die Apothekerin fragte mich: »Wie alt ist denn das Kind?« Ich sagte: »Siebzehn.« Die Frau hat ganz schön dusselig geguckt, aber das war mir egal. Ich fütterte mein »kleines Kind« löffelweise mit diesem hochprozentigen Vitaminsaft. Was soll ich sagen, es half, langsam zwar, aber es half. Der Appetit kam wieder, damit auch das Essen. Die Haare fingen an den kahlen Stellen wieder an zu wachsen. Zum Glück haben wir die Alarmglocken gehört und im letzten Moment die Kurve bekommen.

Auch pferdetechnisch war uns das Glück hold. Ein Bekannter von Bekannten hatte eine Scheckenstute, die dressurmäßig verdammt gut ausgebildet war. Wir durften zum Probereiten kommen. Da war es mal wieder, dieses Eins-von-hundert-Pferd. Es klappte auf Anhieb. Als ob die beiden sich schon Jahre kannten, waren sie sofort ein attraktives Reiter-Pferd-Paar. Es blieb auch nicht viel Zeit, denn die vierte deutsche Meisterschaft, an der Anni teilnehmen sollte, stand im Sommer auf dem Plan.

Sommer 2011

Anni hatte sich nun endlich erholt und bekam wieder Ähnlichkeit mit diesem hübschen jungen Mädchen von vorher. Ihre Arbeit auf dem Reiterhof nahm sie ernst und erledigte ihre Aufgaben zu jedermanns Zufriedenheit. Ihr Einsatzgebiet wurde vielschichtiger, unter anderem durfte sie auch beim Reitunterricht mithelfen. In dieser Tätigkeit ging sie vollständig auf, und ohne Zweifel wurde ihr Selbstbewusstsein wieder einmal angehoben.

Im Juni fuhren wir ins Saarland, genauer gesagt in einen Ort namens Überherrn. Hier wurden die deutschen Meisterschaften im Rahmen eines Dressurfestivals ausgetragen. Wir machten uns auf den endlos scheinenden Weg mit der zur Verfügung gestellten Stute. Wieder einmal gab es Änderungen im Reglement. Es gab ab 2011 neben den deutschen Meisterschaften auch ein Nachwuchschampionat für Junioren und Junge Reiter bis 21 Jahre.

Für Anni standen die Chancen nicht schlecht, und sie nutzte diese auch. Mit drei ansprechenden Ritten konnte sie sich im Nachwuchsfeld deutlich absetzen und holte den Titel des »Nachwuchschampionatssieger« zum zweiten Mal in ihrer Karriere. Diesmal gab es jedoch auch für die Jugend eine Siegerschärpe. Es entstand eines der schönsten Fotomotive in den vielen Jahren. Anni mit Jackett, Stiefeln, weißer Hose und weißen Handschuhen auf dem schwarz-weiß-gescheckten Pferd. Farblich abgesetzt die Schärpe in schwarz-rot-gold. Dieses extravagante Foto kam später auf die Titelseite einer Broschüre des Landessportbundes.

Wir nahmen zwei Erkenntnisse aus Überherrn mit. Erstens: Anni konnte auch mit anderen Pferden gut reiten und Erfolge erringen. Zweitens: Wir bekamen von einer Pferdephysiotherapeutin den entscheidenden Hinweis, was unserem Rascal gesundheitlich fehlte, und vor allem auch, wie es behandelt werden konnte.

Wieder zu Hause nahmen wir das Thema in Angriff und unserem Pferd ging es nach und nach besser. Für Wettkämpfe stand es aber auch weiterhin nicht zur Verfügung, da der Trainingszustand entsprechend schlecht war, Muskeln erst wieder aufgebaut werden mussten. Anni trainierte währenddessen mit der Stute und stellte diese auch auf einem Regelsportturnier im September vor. Auf Anhieb gelangen ihr zwei höhere Platzierungen in Dressuren der Klasse A. Besonders hervorzuheben ist die Harmonie, die zwischen Reiter und Pferd herrschte. Für Zuschauer und Richter waren diese Dressuren mehr als nur schön anzusehen.

In diesen Tagen dachten wir ernsthaft darüber nach, dieses Pferd zu kaufen. Die Besitzer hatten ähnliche Vorstellungen. Es wäre bestimmt eine lohnende Geschichte für beide Seiten geworden, wenn man sich über den Preis hätte einig werden können. Konnte man aber nicht und damit endete diese erfolgreiche Zeit mit diesem Pferd. Besonders erfolgreich war sie deshalb, weil dieses Paar sofort losgestartet ist, die Chemie war so gut, dass keine Gewöhnungsphase nötig war. In der Regel braucht man mindestens ein halbes Jahr, um sich zusammenzufinden. Einfach nur schade.

September 2011

Zwei Jahre »Unterstützte Beschäftigung« waren zu Ende. Eigentlich war unser Plan, dass Anni im Anschluss einen Arbeitsplatz bekam. Das war definitiv nicht der Fall. Unser Heimreiterhof hatte keine Ressourcen für eine Arbeitsstelle und leider ging es allen anderen Pferdebetrieben in unserer Nähe genauso. Die bittere Wahrheit war, Anni war arbeitslos und wieder perspektivlos. Zu diesem Zeitpunkt nahmen wir das erst einmal so hin.

Wir gönnten Anni nach den Querelen der letzten Jahre eine Verschnaufpause und flogen das erste Mal seit Jahren wieder in den Urlaub. Wir verbrachten eine erholsame Woche am Mittelmeer, um Energie für die weiteren Aufgaben zu tanken. Unsere Probleme machten ebenfalls Urlaub, und das war auch gut so. Was soll ich sagen? Nach dem Urlaub war alles beim Alten, die Probleme präsenter denn je.

Oktober 2011

Anni sollte in wenigen Tagen achtzehn Jahre alt werden. Das warf zusätzliche Handlungsnotwendigkeiten auf. Solche Gedanken müssen sich die meisten Eltern nicht machen. Wir schon. Wenn wir nichts unternommen hätten, wäre Annemarie rechtlich auf sich selbst gestellt bei ihren Angelegenheiten gegenüber Behörden.

Wir machten einen Termin beim Landkreis und wurden aus meiner Sicht dort sehr gut beraten. Ich sollte nicht die Betreuung von Annemarie übernehmen, sondern lediglich Vollmacht erhalten, ihre Interessen in alle Richtungen zu vertreten. So durfte ich in Zukunft bei allen wichtigen Gesprächen dabei sein. Keine Behörde hatte das Recht, mich auszuschließen. Wir füllten einige Formblätter aus. Annemarie unterschrieb alles, dann kam noch ein Amtssiegel drauf und die Angelegenheit war geklärt.

Zu dieser Zeit war unsere Intention rein vorsorglich. Heute weiß ich, wie wichtig und notwendig die Vollmacht war. Unzählige Male musste ich »In Vollmacht meiner Tochter Annemarie, beglaubigt beim Landkreis …« schreiben. Ein Problem erledigt, also zurück zu dem vorherigen.

Annemarie war immer noch arbeitslos. Wir machten uns auf die Suche, ohne zu wissen, wonach wir suchten. Es musste doch für Annemarie eine Aufgabe geben. Das Integrationsamt konnte nicht mehr helfen, und die Bundesagentur für Arbeit hatte bis dahin noch nie geholfen und tat es auch zu diesem Zeitpunkt nicht. Anni wurde behandelt, wie jeder andere Arbeitslose auch, musste sich regelmäßig melden, musste ständig Bewerbungen schreiben und sich online arbeitssuchend melden. Als ob so etwas wirklich helfen würde. Ihre gesundheitlichen Einschränkungen waren ja nach wie vor da und mobil war Anni auch nicht. Dass sie nicht allein irgendwo anders leben konnte, hatten wir auch schon feststellen müssen. Diese Erfahrung wollten wir auf keinen Fall noch einmal machen. Was für Möglichkeiten gab es denn noch? Es war schon deprimierend und ein Schimmer von Hoffnungslosigkeit machte sich breit. Letztendlich setzten wir alle Aktien auf ein Wunder. Etwas anderes würde uns nicht vorwärts bringen. Wenn du denkst, es geht nicht mehr, kommt irgendwo ein Lichtlein her. Die gleiche Bekannte, die uns das Pferd im letzten Jahr vermitteln konnte, vermittelte uns diesmal einen Job für unser Kind.

Bevor ich mehr dazu berichte, möchte ich mich in aller Form für diese Unterstützung bedanken. Wenn jemand die Attribute »ehrlich«, »menschlich« und »selbstlos« verdient, dann ist es diese Frau. Danke Ellen.

Ganz in unserer Nähe wollte sich ein Verein zur Stärkung der psychosozialen Gesundheit ansiedeln. Menschen mit unterschiedlichsten Behinderungen und gesundheitlichen Störungen sollten mit und an Pferden arbeiten, und man suchte jemanden für die Pferdepflege. Das war sie, das war die Chance für Annemarie. Ich vereinbarte sofort einen Vorstellungstermin. Auf keinen Fall wollte ich diese Gelegenheit verpassen.

Gleich am nächsten Tag fuhr ich mit Anni dort hin. Ich war fürchterlich aufgeregt, ich wusste ja, was auf dem Spiel stand. Anni, unterdessen mehr als ein Vierteljahr arbeitslos zu Hause, war gar nicht so angetan. Sie hatte sich eingerichtet, ohne Arbeit ging es aus ihrer Sicht auch. Sie sah also keinerlei Notwendigkeit, sich zu verändern. Ich redete mit Engelszungen auf sie ein. Ich hatte drei spezielle Bitten an mein Kind: Komm mir vor den Leuten nicht dumm, also frech. Antworte, wenn du gefragt wirst. Und frage nicht, wann fahren wir nach Hause.

Wer nicht dabei war, kann sich nicht vorstellen, wie es vor Ort ablief. Genau in dieser Reihenfolge: Zuerst gab Anni mir ständig dumme Antworten. Auf die Fragen der Geschäftsführerin verweigerte sie jegliche Antworten und zum Schluss fragte sie auch noch, wann wir denn endlich fahren würden. Eigentlich hätte das Thema Arbeit an dieser Stelle schon zu Ende sein können. Zum Glück war unsere Gesprächspartnerin eine Psychologin und konnte die Situation einordnen, Annis Verhalten verstehen.

Abgesehen von diesem Desaster in Sachen Benehmen, war das Gespräch der Sechser im Lotto, genau der Gewinn, nach dem wir seit Monaten suchten. Anni sollte eine zweijährige befristete Anstellung für 30 Stunden in der Woche bekommen. Die Arbeitgeberin wollte Eingliederungszuschuss bei der Bundesagentur für Arbeit beantragen.

Mit gemischten Gefühlen fuhr ich mit meinem Kinde nach Hause. Natürlich war ich stinksauer auf Annemarie. Nicht nur, weil sie sich vollständig widersetzt hatte, sondern weil sie nicht erkannte, wie wichtig das alles ist. Vielleicht hatte ich aber auch zu viel von ihr erwartet. Ansonsten habe ich mich natürlich riesig über diese Schicksalswendung gefreut. Jetzt mussten nur noch die Behörden mitspielen, dann sollte es Ende März losgehen.

Ich wandte mich umgehend an Annemaries Sachbearbeiter bei der Bundesagentur. Ich besprach mit ihm die Fortschritte unserer Arbeitssuche. Ich betone hier ausdrücklich *unserer* Arbeitssuche. Ein Arbeitsangebot oder irgendeine andere Perspektive für Annemarie gab es seitens der Bundesagentur nach wie vor nicht. Wenigstens freute sich der Sachbearbeiter mit uns und wir besprachen das überaus wichtige Thema, wie Annemarie zur Arbeit kommt. Ich hatte da eine Idee, auch die fand der Sachbearbeiter gut, also vereinbarten wir mündlich Folgendes:

Ich sollte in Vollmacht meiner Tochter einen Antrag auf die Härtefallregelung nach der Kraftfahrzeughilfe-Verordnung stellen. Bei der KfzHV können behinderte Menschen, die wegen ihrer Behinderung nicht in der Lage sind, öffentliche Verkehrsmittel zu benutzen, unter anderem einen Zuschuss zum Erwerb eines behindertengerechten Fahrzeugs bekommen. Die Härtefallregelung wiederum gilt für die schwerbehinderten Menschen, die nicht in der Lage sind, selbst ein Kraftfahrzeug zu führen. Das galt auch für Annemarie. Wegen ihrer bereits erwähnten Lernschwäche kam der Erwerb des Führerscheins erst einmal nicht in Betracht. Die »Härtefälle« können einen Zuschuss für einen Fahrdienst erhalten. Genau das war es, was wir wollten. So verblieben wir bei dem Gespräch. Ich bekam den Auftrag, mindestens drei Kostenvoranschläge von Taxiunternehmen einzuholen. Alles war gut, war auf dem richtigen Weg. Kinderspiel. Und wieder falsch, wieder zu früh gefreut.

März 2012

Noch während ich meine »Hausaufgaben« machte, bekam ich eine E-Mail des Sachbearbeiters. Er hätte sich jetzt noch einmal bei seinen Vorgesetzten schlau gemacht. So einfach würde das alles nicht gehen. Annemarie hätte nur Anspruch auf einen Fahrdienst, wenn sie wirklich nicht in der Lage wäre, öffentliche Verkehrsmittel zu benutzen.

In dem psychologischen Gutachten des Arbeitsamtes von 2009 steht, dass sie öffentliche Verkehrsmittel benutzen könnte, wenn diese behindertengerecht ausgestattet sind. Er hätte einen Gutachter beauftragt, zu prüfen, ob eine behindertengerechte Ausstattung vorliegt. Jetzt verstand ich gar nichts mehr. Welche Ausstattung, in welchen Verkehrsmitteln? Es fuhren doch gar keine.

Ganz genau verhielt sich das so: In den nächsten Ort wäre Annemarie mit dem Bus gekommen, aber nur an Schultagen und nur einmal am Tag, und zwar ganz früh. Dort hätte sie dann nach zwei Stunden Aufenthalt weiterfahren können, aber nur dienstags. An den anderen Wochentagen verkehrte dieser Bus nicht. Also an Dienstagen, Ferientage ausgenommen, hätte sie mit viel Mühe zur Arbeit kommen können, aber nur in einem behindertengerecht ausgestatteten Bus.

Ich machte mir noch nicht wirklich Sorgen, weil doch jeder hätte verstehen müssen, dass das Blödsinn ist. Annemarie musste zur Arbeit kommen, und das konnte sie mit einem Bus definitiv nicht, egal ob behindertengerecht ausgestattet oder nicht. Aber wieder falsch gedacht! Nachdem der Gutachter seine Prüfung abgeschlossen hatte, wurde mir durch den BA-Sachbearbeiter mitgeteilt, dass Annemarie keinen Anspruch auf Leistungen aus der KfzHV hat, weil die öffentlichen Verkehrsmittel behindertengerecht ausgestattet werden könnten. Dabei spielte es überhaupt keine Rolle, dass gar keine öffentlichen Verkehrsmittel verkehrten. Das ist nämlich ein ganz anderes Problem, ein infrastrukturelles, für welches die Bundesagentur nicht zuständig ist.

Ich war fix und fertig. Mein Kartenhaus fiel gerade vollständig zusammen. Das konnte doch einfach nicht wahr sein! Nicht die Bundesagentur findet für Annemarie eine Arbeit, sondern ich mit all meinen Bemühungen, und jetzt sollte das alles scheitern, weil Annemarie nicht mobil war, keine Möglichkeit hatte, zur Arbeit zu gelangen. Ich wurde wütend, so wütend wie selten in meinem Leben. Ich heulte, ich fluchte, ich schimpfte, ich resignierte. Und ich stand wieder auf. Nein, das wollte ich mir nicht gefallen lassen. An diesem Tag schwor ich mir, dass ich diesen Kampf bis zum Ende kämpfen würde, auch wenn ich mein Leben auf dem Schlachtfeld verlieren sollte. Ich hatte keine Ahnung wie schlimm es werden könnte. Und es wurde schlimmer. Doch dazu später.

Als Erstes schrieb ich einen offiziellen Antrag auf die Härtefallregelung nach der KfzHV, wohl wissend, dass dieser abgelehnt werden würde. Ich verwies auf die Verantwortung des Rehabilitationsträgers für die schwerbehinderten Menschen. Ich zitierte das Gesetz zur Teilhabe des schwerbehinderten Menschen am Arbeits- und Berufsleben. Ich schilderte die Eckpunkte und Besonderheiten bei Anni und deutete auf den Handlungsspielraum bei einer Einzelfallentscheidung hin. Ich fasste zusammen und erklärte die Notwendigkeit einer positiven Entscheidung, da Annemarie ansonsten schon mit 18 Jahren für den Rest ihres Lebens völlig chancenlos war. Sie würde auf unserem Dorf keine Arbeit finden, öffentliche Verkehrsmittel verkehrten nicht und einen Führerschein konnte sie nicht machen. Umziehen und allein leben, schied auch aus.

Als die Ablehnung meines Antrags kam, wusste ich, mit Logik, Herz und Verstand war dieser Fall nicht zu gewinnen. Hätte Annemarie eine Behindertenwerkstatt besucht, hätte die Bundesagentur einen Fahrdienst bezahlt, für eine Strecke, die dreimal so weit war wie die zur geplanten Arbeitsstätte. Ist das nicht Schwachsinn? Nur weil ich meinem Kind die Chancen auf ein fast normales Leben bewahren wollte, wurde ich durch die Behörde bestraft.

Ich gab mir noch mehr Mühe mit meinen Begründungen und schrieb einen Widerspruch. Ohne Erfolg, die Ablehnung folgte auf dem Fuß. Jetzt waren meine Möglichkeiten als Alleingänger erschöpft. Ich musste klagen. Dafür brauchte ich professionelle Hilfe. Als Erstes prüfte ich meine Rechtsschutzversicherung. Ich hatte eine, und das schon viele Jahre. An sich hätte mich das beruhigen können, tat es aber nicht. Es war wie immer nicht ganz so einfach. Annemarie war der Kläger, nicht ich.

Nach den Allgemeinen Geschäftsbedingungen waren erwachsene Kinder nicht mehr mitversichert. Und Annemarie war bereits 18 Jahre alt. Ich hatte im meinem Leben bereits gelernt, dass man nicht so einfach aufgeben darf. Ich rief also die Versicherung an und erklärte ihnen mein Anliegen. Der Ansprechpartner war überaus zuvorkommend und sagte mir die Übernahme der Leistung zu. Jetzt musste ich mir einen Anwalt suchen, einen Anwalt für Sozialrecht. Heutzutage gibt es ja die »Gelben Seiten« und genau dort wurde ich fündig. Ich hatte auch dieses Mal offensichtlich mehr Glück als Verstand.

Gleich bei meinem ersten Anruf hatte ich die Vertretungszusage einer Anwältin und in der gleichen Woche noch einen Gesprächstermin. Einige Tage später war ich um einiges schlauer und wieder um einiges frustrierter. Meine Anwältin würde für Anni mit meiner Vollmacht Klage einreichen, aber ich sollte mich mit viel Geduld ausrüsten. Die durchschnittliche Prozessdauer am Sozialgericht würde zwischen zwei und vier Jahren liegen. Auch das. Auch das würden wir aussitzen und nicht klein beigeben, schwur ich an diesem Tag erneut.

Unterdessen war die Zeit natürlich nicht stehengeblieben und Annemarie hatte ihre Arbeit längst aufgenommen. Mir war nichts anderes übrig geblieben. Ich musste in Vorleistung gehen. Anni sollte ihre Chance wahrnehmen und einer »normalen« Tätigkeit nachgehen können. Ich stellte einen Minijobber ein, um unsere Tochter täglich zur Arbeit zu fahren und sie natürlich auch wieder abzuholen. Das klappte von Anfang an reibungslos, anders als Annis Engagement bei der Arbeit. Das fehlte gänzlich und forderte weiteren Tribut in Bezug auf meine Nerven und meine gesamte Verfassung.

Sommer 2012

Ich wurde von Annis Arbeitgeberin eingeladen. Es gab da so einiges zu besprechen, das nicht rund lief auf der Arbeit. Das hatte mir wirklich noch gefehlt. Genau das brauchte ich in dieser Zeit, weil ich ja sonst keine Probleme hatte. Das Treffen fand umgehend statt und ich hatte wahnsinnige Angst vor einem vorzeitigen Ende des Arbeitsverhältnisses. In Annis Arbeitsvertrag war, wie üblich, eine Probezeit festgelegt. Natürlich war ich auch gespannt, Anni hatte schließlich nichts, aber auch gar nichts von der Arbeit erzählt.

Es war noch schlimmer, als erwartet. Ich konnte es kaum fassen. Annemarie hatte bereits zwei Abmahnungen erhalten. Die erste wegen Verweigerung einer Arbeitsaufgabe, die zweite wegen grob fahrlässigem Verhalten. Im ersten Fall fand Anni es einfach nicht fair, dass sie die Weiden von giftigen Unkräutern befreien sollte und stellte sich gänzlich stur. Im zweiten Fall hatte sie die Pferdekoppel nicht ordentlich verschlossen, weil sie es eilig hatte, nach Hause zu kommen. Zum Glück wurde durch die freilaufenden Pferde nicht noch ein schlimmeres Szenario ausgelöst. Es waren sowohl die Pferde als auch vorbeifahrende Autos ohne Schäden davongekommen.

Was als Nächstes von der Arbeitgeberin angesprochen wurde, haute mich dann völlig um. Anni hatte allen erzählt, dass sie schwanger sei. Ich war sprachlos. Natürlich war Anni nicht schwanger, Anni hatte nicht nur keinen Freund, sie hatte auch noch nie Geschlechtsverkehr gehabt. Ich klärte alles, soweit ich es klären konnte, und versprach, mit Anni ernsthaft zu reden, und Anni durfte erst einmal bleiben.

Auch bei diesem Thema brauchte ich viel Geduld, mehr als ich eigentlich aufbringen konnte. Ein sofort stattfindendes

Intensivgespräch brachte bei Weitem keinen Durchbruch. Wir mussten als Familie (und da meine ich ein größeres Umfeld) lernen, dass wir mit unseren ständigen »Sprüchen« ein schlechtes Vorbild abgaben. »Mein Chef kann mich mal.« »Wenn der Alte denkt, ich würde das machen, hat er sich getäuscht.« »Dann muss ich eben mal zum Arzt gehen.« Solche Phrasen werden von intelligenten Menschen losgelassen, obwohl da nicht wirklich was passiert. Menschen wie Annemarie können aber nicht unterscheiden, wo die Sprüche aufhören und der Ernst beginnt. Es dauerte noch einige Monate und viele Gespräche lang, bis Anni verstanden hatte und aufhörte, über jede Arbeitsaufgabe zu diskutieren.

Und schon gab es neue, andere Probleme. Langsam überstieg das alles meine Kräfte. Kaum hatte ich eine Sache endlich in der Spur, kam mindestens ein neues Thema aus derselben. Die Familienkasse der Bundesagentur für Arbeit hatte geschrieben. Die Kindergeldzahlung für Annemarie sollte eingestellt werden. Da Anni sich nicht mehr in der Berufsausbildung befand und nicht arbeitslos gemeldet war, gab es ihrer Ansicht nach keinen Anspruch auf eine Weiterzahlung dieser Leistung. Ich verfasste erneut ein Schreiben und legte Widerspruch ein.

Wenn schwerbehinderte Kinder nicht in der Lage sind, sich wirtschaftlich selbst zu unterhalten, dann kann Kindergeld auch lange, sogar bis ans Lebensende gezahlt werden. Es gab Verdienstgrenzen, die diese Formulierung präzisieren sollten. Und Annemaries Verdienst lag darunter. Es war also alles klar wie Kloßbrühe und das Thema hätte schnell erledigt sein müssen, dachte ich und lag wieder falsch.

Mein Widerspruch wurde abgelehnt. Es würde Anni niemand zwingen, so wenig Stunden zu arbeiten. Es gab aus Sicht der Familienkasse keinen Grund, warum Anni nicht normal entlohnt und vollzeitbeschäftigt war. Eine Anwältin hatte ich ja schon, auf eine Klage mehr oder weniger kam es nicht mehr an. Die Rechtsschutzversicherung sprang wieder ein.

Im Übrigen gab es eine weitere gute Nachricht. Prozesse vor dem Finanzgericht sollten keine vier Jahre dauern. Mit Glück sollte ich in 12 bis 18 Monaten ein Urteil bekommen. Ist das nicht toll!?

Anni arbeitete jetzt und gab sich sichtlich mehr Mühe. Meine Klagen brauchten Zeit (leider), wir konnten uns wieder intensiver mit dem Reitsport beschäftigen.

Herbst 2012

Annis brauner Wallach Rascal war körperlich vollständig genesen. Nur irgendwie wollten die beiden nicht wirklich zusammenfinden. Es gab zwischendurch durchaus gute Momente, die uns hoffen ließen. Ja, ab und an sah das wirklich ansehnlich aus, was Anni dort mit und auf dem Pferd fabrizierte. Dann ein andermal ging es wieder gar nicht. Er störte sich an Annis Spastiken und war dann nicht zu sitzen. Dadurch störte Anni ihn noch mehr im Maul und das Problem potenzierte sich. Im September ritt Anni die erste A-Dressur mit ihm. Es war okay, aber nicht mehr, und mehr sollte es auch niemals werden.

Im Oktober waren wir wieder zehn Tage in Urlaub. Mit ausreichend Abstand von zu Hause beschlossen wir, erneut ein Pferd zu suchen. Wir wussten, dass Anni sehr großes Talent hat. Mit ihrem Wallach hätte sie Monat für Monat und Jahr für Jahr verschwendet. Wir wollten uns bei der Suche Zeit lassen, nichts übereilen. Wir konnten und wollten es uns nicht leisten, noch ein Pferd hinzustellen, das enorme Kosten verursacht, ohne einen sichtbaren Nutzen davon zu haben. Sicher hört sich das jetzt hart und berechnend an, aber Pferde kosten wirklich viel Geld in ihrer Unterhaltung.

Zurück aus dem Urlaub durchsuchte ich täglich die Online-Angebote. Natürlich kauft man ein Pferd nicht am Computer, aber man kann sich einen Überblick verschaffen und sich eine Favoritenliste erstellen. Nach einigen Anrufen bei den Verkäufern wurde die Liste ruck zuck kleiner.

Einige Pferde hatten nicht die richtigen Qualitäten für die geplanten Aufgaben, andere Pferde hatten doch »Macken«, von denen man erst im Gespräch erfuhr. Bei wieder anderen lagen die Preisvorstellungen der Besitzer außerhalb unseres Vorstellungsvermögens. Am Ende blieben dann ein paar wenige Auserwählte übrig. Wir versuchten eine sinnvolle Tour zu erstellen, um an einem Tag möglichst mehrere Pferde ansehen und probieren zu können. Unsere Route führte uns im Januar in den hohen Norden. Zwei Pferde hatten die Vorauswahl bestanden und warteten darauf, Probe geritten zu werden. Eine Fuchsstute, gar nicht mal so preiswert, lebte auf einem Reiterhof gleich hinterm Deich. Anni brauchte ganze zehn Minuten, um festzustellen, dass sie dieses Pferd nicht reiten wollte. Die Chemie stimmte nicht und das Pferd ließ sich nicht nach links stellen, was einen größeren Makel darstellte. Gute, aber vor allem auch gesunde Reiter, sind in der Lage, so etwas mit Geduld und viel Training zu korrigieren. Diese Aufgabe konnte Annemarie nicht lösen, also bedankten wir uns höflich und fuhren zum nächsten Stall mit dem nächsten Pferd unserer Wahl.

Hier hatten wir es mit einer Dunkelfuchsstute zu tun. Anders als beim ersten Versuch an diesem Tag, brauchte Anni hier nur zehn Minuten, um festzustellen, dass sie dieses Pferd und nur dieses Pferd haben wollte. Sie stieg auf, ritt Schritt, trabte nach kurzer Zeit an und eh ich überhaupt etwas sagen konnte, galoppierte sie schon. Die beiden waren ein Paar von der ersten Minute an.

Wir fuhren zwar ohne Zusage nach Hause, wussten aber, dass wir wiederkommen würden, um diese schicke Stute zu uns zu holen. Nitana, so heißt sie, ist eine Donnerhall-Enkelin und wurde von dem legendären Otto Gärtner persönlich gezogen. Wir schliefen noch eine Nacht darüber und sagten am nächsten Tag telefonisch zu. Zwei Wochen später hatten wir unseren »Nachwuchs« zu Hause und bereits vier Monate später war Anni mit Nitana bei einer A-Dressur platziert.

Anfang 2014

Meine Anwältin hatte Recht behalten. Nach nur anderthalb Jahren schickte das Finanzgericht eine Ladung. Der Kindergeldstreit sollte verhandelt werden.

An dieser Stelle möchte ich erwähnen, dass die Auseinandersetzung mit den Behörden keinesfalls mein Hobby war. Im Gegenteil! Ich war sowohl beruflich als auch privat mehr als ausgelastet. Solche zusätzlichen Termine musste ich dazwischen quetschen, musste meinen Urlaub dafür opfern und meine Nerven lassen. Unser zuständiges Finanzgericht liegt etwa 100 Kilometer von uns entfernt. Man konnte also ohne Übertreibung von einem Tageswerk sprechen.

Ich machte mich auf den Weg und traf mich vor Ort mit meinem Rechtsbeistand. Recht haben und Recht bekommen sind bekanntlich zwei verschiedene Paar Schuhe. Beim Gericht, so habe ich schon vor vielen Jahren gelernt, bekommt man kein »Recht«. Bestenfalls bekommt man ein Urteil. Das bekam ich auch. Das Gericht folgte dem Antrag der Klägerin in allen Punkten. Sang- und klanglos musste sich die Vertreterin der Gegenseite geschlagen geben.

Das Gericht sah es als erwiesen an, dass Annemarie nur durch bestimmte Förderprogramme überhaupt Geld verdienen konnte. Ebenso folgte das Gericht unserer Argumentation, dass Annemarie weniger als wenig Auswahl an Arbeitsplätzen auf dem regulären Arbeitsmarkt hatte. Die Gegenseite konnte keinen Arbeitsplatz benennen, den Annemarie mit ihren behinderungsbedingten Einschränkungen tatsächlich vollleistend ausüben konnte. Damit waren die Türen und Tore für unseren Erfolg bei Gericht geöffnet.

Der erste Punkt ging zweifelsfrei an mich. Innerhalb weniger Tage wurde das Kindergeld nachgezahlt. Wir konnten einen Haken machen. Endlich ein Thema erledigt. Ich irrte mich einmal mehr.

Frühjahr 2014

Annis Arbeitsvertrag endete und sie landete vorerst ohne Umschweife in der Arbeitslosigkeit. Annis Arbeitgeberin wollte zwar gern mit Anni weiterarbeiten, aber ohne Förderung und in der Höhe der Stunden war das für den Verein nicht zu finanzieren.

Wir setzten uns erneut zusammen und diskutierten Alternativen. Jetzt kam das Integrationsamt ins Spiel und spielte zum Glück mit. Es ging darum, einen behinderten Menschen in das Arbeits- und Berufsleben zu integrieren, und genau dafür fühlten sich die Kollegen dieser Behörde zuständig und erfüllten ihren Job. Mit einem Zuschuss zu den Lohnkosten als Minderleistungsausgleich konnte Anni innerhalb weniger Wochen wieder ihre Arbeit aufnehmen. Die Stundenzahl wurde auf 15 herabgesetzt und der Arbeitsvertrag nur bis in den Herbst befristet. Im Winter war bei der aktuellen Auftragslage nicht ausreichend zu tun. Was soll s. Wir freuten uns wie die Schneekönige, dass es weitergehen konnte. Wieder ein bisschen Hoffnung.

Da fiel mir ein, dass es sich um ein neues Arbeitsverhältnis handelte und ich erneut einen Antrag auf die Härtefallregelung aus der KfzHV an die Bundesagentur für Arbeit stellen musste. Dreimal darf man raten, wie das ausging. Sicherheitshalber löse ich das Rätsel auf: Erstens, Antrag geschrieben und abgelehnt. Zweitens, Widerspruch geschrieben und abgelehnt. Drittens, Klage eingereicht mit Aussicht auf Lösung innerhalb der nächsten drei Jahre, weil die erste Klage mit der zweiten Klage gemeinsam verhandelt werden sollte und die erste Klage bereits zwei Jahre alt war.

Wie ich bereits des Öfteren erwähnte, braucht man in diesem Leben einen verdammt langen Atem. Und wieder schwor ich mir, dieses Thema zu Ende zu bringen, zu kämpfen und stark zu sein. Und wieder konnte ich nicht fassen, welche Strafe man zusätzlich erleiden musste, obwohl man schon durch die Geburt eines schwerbehinderten Kindes tief betroffen ist. Warum ist das so?

Schon damals beschäftigte ich mich ernsthaft damit, mich an die Medien zu wenden. Ich hätte mir dieses Thema gut bei »Akte« vorstellen können. Schlagzeile: »Arbeitsamt legt behindertem Menschen Steine in den Weg.« Das war erst mal nur eine Idee. Der Verstand siegte. Ich wollte auf keinen Fall das Sozialgerichtsverfahren in Gefahr bringen. So wartete ich geduldig, dass diesbezüglich etwas passierte. Geduldig ist gelogen. Geduld war noch nie meine Stärke. Mir blieb einfach nichts anderes übrig, als zu warten, und ich versuchte, trotzdem nach vorn zu sehen.

Annemarie hatte unterdessen ihren zweiten Arbeitsvertrag erhalten. Pflichtbewusst wie ich war, hatte ich der Kindergeldkasse sowohl die Arbeitslosigkeit, als auch das Ende der Arbeitslosigkeit angezeigt. Prompt kam ein Bescheid. Die Kindergeldzahlung wird ab sofort eingestellt. Annemarie sei berufstätig und ich hätte somit keinen Anspruch mehr auf diese Leistung. Nein, das konnte doch nicht wahr sein! Noch mal alles von vorn? Irgendwie hatte ich keine Kraft mehr. Zum ersten Mal seit langer Zeit war ich am Ende. Ich fing an zu heulen und hörte nicht mehr auf.

Irgendwann natürlich doch, aber lange hat es diesmal schon gedauert. Dann wurde ich wütend, sehr wütend und verabredete mich kurzfristig mit meiner Anwältin. Sie beruhigte mich und versprach, die Angelegenheit zu klären. Das tat sie dann auch. Nur ein Schreiben von ihr mit Verweis auf das Urteil und das Kindergeld wurde wieder gezahlt.

Es war also so einfach. Es war alles wieder in Ordnung, so schien es. So war es aber nicht. Ich merkte langsam, wie das Thema mich aushöhlte, wie es an mir und in mir nagte. Ich steuerte meine Gesundheit an den Rand der Klippen und spürte, dass etwas unaufhaltsam in die falsche Richtung lief. Wie recht ich damit hatte, sollte ich nur wenige Monate später erfahren.

Sommer 2014

Annis Superpferd war das gesamte Winterhalbjahr lahm. Toll!? Endlich hatten wir den richtigen Sportpartner für Annemarie gefunden, schon hatte sich die sportliche Laufbahn erledigt. Wie lange, das weiß man vorher nie. Die Behandlung zog sich zäh dahin. Dann, Mitte April, bekamen wir grünes Licht für das ruhige Aufbautraining. Zuerst nur im Schritt am Führzügel spazieren. Jeden Tag ein bisschen mehr. Dann leichte Longenarbeit und irgendwann durfte Anni auch wieder aufsteigen.

Damit hatten wir nicht gerechnet, aber Anni konnte mit Nitana bei den deutschen Meisterschaften antreten. Hier war das Glück mal auf unserer Seite. Es war wieder ein Nachwuchschampionat für junge Reiter (unter 21 Jahre) ausgeschrieben. Ein bisschen Hoffnung machten wir uns auf eine Platzierung. Gleich beim Abschlusstraining vor Ort sagte der Bundestrainer: »Das sieht gar nicht mal so schlecht aus.« Wer den Bundestrainer kennt, weiß, dass man es in diesem Fall mit einem großen Lob zu tun hatte. Das war schon fast das Optimum an positiver Aussage und machte in jedem Fall Mut.

Anni startete mit einer positiven Note in dieses Turnier. Bei der zweiten Prüfung verbesserte sie sich und die dritte Prüfung, die Musikkür, wurde ein voller Erfolg. Mit über 70 Prozent erreichte sie das beste Ergebnis ihrer Laufbahn, wurde Dritte in der Prüfung und konnte sowohl Bundestrainer als auch Teamchef beeindrucken. Man kündigte sofort an, dass man sie aufgrund der gezeigten Leistungen wieder zu den Kaderlehrgängen einladen wolle. Das Beste aber kam noch. Anni erhielt an diesem Wochenende ihre erste Medaille auf nationaler Ebene. Sie bekam die Bronzemedaille für einen dritten Platz in der Gesamtwertung im deutschen Nachwuchschampionat.

Man waren wir stolz. Zum ersten Mal seit Langem hatte sich Geduld ausgezahlt und wir hatten im wahrsten Sinne des Wortes auf das richtige Pferd gesetzt. Es folgten weitere Platzierungen auf

Regelturnieren, sodass wir das Thema Pferdesport am Ende des Jahres positiv bewerten konnten. Das alles machte Hoffnung für die nächste Saison.

Herbst 2014

Es gab die erste ernstzunehmende Reaktion eines Sozialrichters bezüglich meiner bereits vor über zwei Jahren eingereichten Klage zur KfzHV. Kläger und Beklagte sollten schriftsätzlich Stellung nehmen. Der Richter hatte eine Reihe von Fragen formuliert, die eindeutig ein Indiz dafür darstellten, dass der Richter deutlich mehr meinen Ansichten folgen konnte. Er schrieb, dass die Entscheidung der Bundesanstalt für Arbeit keinesfalls dazu geeignet ist, behinderte Menschen in das Berufsleben zu integrieren. Das war deutlich. Ansonsten stellte er Fragen zu den Fahrplänen der öffentlichen Verkehrsmittel, zu den Entfernungen, die zu Fuß zurückgelegt werden musste, und zum sozialen Reifegrad von Annemarie. Das alles machte uns zuversichtlich, ließ auf ein baldiges Verfahren hoffen.

Ich arbeitete meiner Anwältin zu, sie schrieb den Schriftsatz und dann hörten wir viele Monate (oder waren es Jahre?) gar nichts mehr. Der Richter, der meinen Überlegungen offensichtlich folgen konnte, verlor die Zuständigkeit für dieses Verfahren, sodass ich gefühlt am Punkt »Null« angekommen war. Geduld und wieder Geduld. Ich nahm mir vor, möglichst nicht mehr an das Verfahren zu denken. Das gelang mir auch einigermaßen. Meine Anwältin machte jedes halbe Jahr eine Sachstandsanfrage beim Gericht. Ohne Erfolg. Es gab natürlich eine Antwort, nur war es keine, die uns befriedigen konnte.

Annemarie war mal wieder arbeitslos. Der Arbeitgeber machte uns Hoffnung für die neue Saison. An dieser Stelle hätten wir uns in den Winterschlaf begeben können, wenn das Schicksal nicht erneut und in besonderem Maße zugeschlagen hätte.

Nach einem überaus anstrengenden Arbeitstag saß ich entspannt vor dem Fernseher. Ich kann heute nicht mehr erklären, warum ich tat, was ich tat, aber ich strich mir über die linke Brust. Vielleicht war da etwas zu sehen oder einfach nur instinktiv? Ich glaube, dass ich niemandem erklären muss, dass ich mich furchtbar erschrak, als ich etwa fünf Zentimeter über der Brustwarze einen Knubbel fühlte.

Etwas Erleichterung machte sich breit, als dieser Knubbel beim Drücken Schmerzen verursachte. Krebs tut ja nicht weh, dachte ich, genauso wie viele andere Menschen das auch glauben. Und wieder ein Irrtum. Eine Woche beobachtete ich den Fall. Ich hatte mich gedanklich für einen Abszess entschieden. Der tut weh und ist in ein paar Tagen wieder verschwunden. Mein »Abszess« tat mir diesen Gefallen aber nicht. Auch nach einer Woche war er da und meine Unsicherheit wurde größer.

Ich suchte meinen Gynäkologen auf. Der fand die Abszesstheorie auch nicht schlecht und gab mir ein Antibiotikum. Sicherheitshalber und wirklich nur deshalb (behauptete er) gab er mir eine Überweisung in das nächstgelegene Brustzentrum. Einen Termin bekam ich schon für den nächsten Tag und meine Unsicherheit wurde zur Angst.

Im Brustzentrum wurde zuerst eine Mammographie gemacht. Auf dieser war nichts Dramatisches zu sehen. Nach Tastbefund machte der behandelnde Arzt noch einen Ultraschall. Um es mit seinen Worten zu sagen: »Da ist etwas zu sehen, was mittelmäßig bedrohlich aussieht.« Zur genauen Bestimmung wollte er eine Biopsie durchführen. Das Ergebnis sollte ich wegen der bestehenden Feiertage erst nach Weihnachten bekommen.

In so eine Situation kommen ja zum Glück nur wenige Menschen in ihrem Leben. Warten auf die Diagnose, warten auf das, was kommt. Ich kann versichern, dass das ein ganz schreckliches Gefühl ist. Wer ein wenig Einfühlungsvermögen besitzt, kann sich vorstellen, dass mein Weihnachten für mich gelaufen war. Die Angst nagte an mir, biss sich fest und ließ mich nicht mehr los.

29. Dezember 2014

Es war so weit. Der Termin der Offenbarung war gekommen. Ich hatte meinen Mann gebeten, mich ins Brustzentrum zu begleiten. Das wollte und konnte ich nicht allein durchstehen. Ich wurde aufgerufen und Thomas und ich gingen ins Sprechzimmer. Erwartungsvoll schaute ich den Arzt an und konnte in seinem Blick alles lesen, was er mir am liebsten nicht sagen wollte. Aber er sagte es. Sein Verdacht hatte sich bestätigt, der entdeckte Tumor war bösartig.

Er sprach mit mir über Behandlungsmethoden und Heilungschancen. Es fiel mir unheimlich schwer, mich auf die Worte zu konzentrieren. Immer wieder musste ich nachfragen. Ich konnte den gesamten Fakt nicht verstehen. Wie sollte ich dann inhaltlich folgen können? Irgendwann begriff ich es und nahm Folgendes mit nach Hause: Mein Krebs war sehr aggressiv, der Tumor selbst noch relativ klein. Nach einer Operation würde sehr wahrscheinlich eine Chemotherapie folgen und im Anschluss eine Bestrahlung. Nach der Biopsie des entfernten Tumors und der anliegenden Lymphknoten wisse man mehr.

Ich schäme mich nicht, dass ich fast die gesamte Rückfahrt nach Hause geweint habe. Das ist ein Einschnitt in das Leben, der so gewaltig ist, dass nicht ein Stein auf dem anderen bleibt. In der Arbeit meldete ich mich für ein ganzes Jahr ab, so lange würde die komplette Behandlung mindestens dauern. Silvester und Neujahr standen vor der Tür und diese Tage waren noch schrecklicher als die Weihnachtsfeiertage.

Gleich im neuen Jahr wurde ich operiert. Und schon wieder musste ich warten, warten auf die endgültigen Befunde. Eine Bekannte von mir sagte einmal: »Brustkrebs ist Kummerkrebs.«

Klingt irgendwie logisch. Kummer hatte ich in all den Jahren genug.

Mitte Januar 2015

Thomas und ich fuhren gemeinsam ins Brustzentrum. Logischerweise war ich völlig aufgeregt. Das Ärzteteam wollte mit uns die endgültige Diagnose besprechen und darauf aufbauend den Therapieplan. In solche Extremsituationen können Sekunden zu Stunden werden. Das Warten, bis ich aufgerufen wurde, war unerträglich. Dann war es endlich so weit.

»Es ist bei den Untersuchungen nichts weiter hinzugekommen. Der Tumor konnte restlos entfernt werden. Die Lymphknoten waren nicht befallen. Die vorgesehene Behandlung zielt auf vollständige Heilung.«

Ich wusste, dass ich an diesem Tag von niemandem eine Garantieurkunde bekommen würde, trotzdem war es eine unglaubliche Erleichterung. Ich wollte alles, was ich in der nächsten Zeit an Behandlungen über mich ergehen lassen musste, durchstehen und überstehen. Ich wollte die erforderliche Kraft und die notwendige Ausdauer aufbringen. Ich wollte alles tun, um weiter leben zu dürfen.

In der folgenden Stunde wurde das Behandlungskonzept mit mir besprochen. Ich sollte eine Chemotherapie mit einer Zweiermedikamentenkombination viermal im Abstand von jeweils drei Wochen erhalten. Im Anschluss eine weitere Chemo mit einem dritten Medikament wöchentlich insgesamt zwölfmal. Nach Abschluss der Chemo sollte ich für ein paar wenige Wochen Erholung bekommen, bevor die Strahlentherapie mit insgesamt 33 Behandlungen an allen Wochentagen beginnen sollte. Nach einer weiteren kurzen Pause sollte die Anschlussheilbehandlung folgen. Das gesamte Jahr 2015 lag durchgeplant vor mir.

Aber bevor das alles losging, mussten noch weitere Untersuchungen durchgeführt werden, die darüber Aufschluss geben sollten, ob sich nicht doch vielleicht Metastasen gebildet hatten. Doch noch einmal ein Hauch von Ungewissheit, den ich über mich ergehen lassen musste. Auch diese Zeit überstand ich, auch diese Untersuchungen waren zum Glück ohne Befund und rechtfertigten Zukunftspläne.

Eine Bemerkung am Rande möchte ich noch loswerden: Wussten Sie, dass man für jede Chemotherapiesitzung eine Zuzahlung an die Krankenkasse leisten muss? Ich wollte das erst nicht glauben und recherchierte im Internet. Dort fand ich in einem Forum folgende Aussage: »Diese Krankheit muss man sich erst einmal leisten können.« Tatsächlich kamen nicht nur dafür enorme Zuzahlungsbeträge auf, sondern auch für die Fahrten zu all diesen Therapien.

März 2015

Ein kleines Wunder war geschehen. Annis Arbeitgeber versammelte noch einmal alle Beteiligten, um über Annemaries berufliche Zukunft zu sprechen. Anwesend waren Anni und ich, die Arbeitgeberin sowie je ein Vertreter des Integrationsdienstes und des Integrationsfachdienstes. Nach dem Gespräch stand fest: Annis Arbeitsplatz sollte nicht nur weiter gefördert werden, sondern sie konnte sofort wieder anfangen. Das Beste kommt aber noch. Das Arbeitsverhältnis sollte jetzt unbefristet begründet werden. Mann, war das eine tolle Nachricht! Ohne Krebs wäre die Welt für mich vollkommen in Ordnung gewesen.

Der Vollständigkeit wegen möchte ich erwähnen, dass ich natürlich wieder einen Antrag an die Bundesagentur für Arbeit auf Nutzung der Härtefallregelung aus der KfzHV stellte. Dieser wurde wieder abgelehnt. Was sonst? Auf meinen Widerspruch erhielt ich diesmal das Angebot, den Widerspruch bis zur gerichtlichen Entscheidung der ersten beiden Klagen ruhen zu lassen. Nach Rücksprache mit meiner Anwältin erklärte ich mich mit diesem Vorschlag einverstanden.

April 2015

Annis Stute lief fantastisch. Das Sportjahr begann mit einem Hallenlandesmeistertitel, der erste Titel in Annemaries Karriere. So konnte es weitergehen. Das tat es dann auch. Anni wurde zum Bundeskaderlehrgang nach Warendorf eingeladen. Das erste Mal seit langen, langen Zeiten.

Die Stellungnahme des Bundestrainers gab es schon nach der ersten Trainingseinheit. »Es gibt nur noch ein paar Kleinigkeiten, an denen gearbeitet werden muss. Natürlich darf Anni mit dieser Stute bei den Deutschen Meisterschaften und auch bei internationalen Turnieren starten.« Darüber hatten wir noch gar nicht nachgedacht. International stand seit einigen Jahren nichts mehr auf unserem Programm.

Am gleichen Abend prüften wir, welche Turniere infrage kommen würden. Viel Auswahl war nicht, die meisten Turniere waren sehr, sehr weit weg. Doch die Verlockung war zu groß. Konnte Anni endlich mit eigenem Pferd an frühere Erfolge anknüpfen? Die Entscheidung war gefallen. Wir wählten Wien als Wettkampfort, und dann musste alles ziemlich schnell gehen, weil das Turnier bereits fünf Wochen später stattfinden sollte.

Mai 2015

Mein gesundheitlicher Zustand verschlechterte sich jetzt zusehends. Die ersten Chemos hatten dazu beigetragen, dass ich geschwächt und konditionslos war. Haare hatte ich schon lange keine mehr, nirgends am Körper. Ich besorgte mir zwar eine Perücke, trug diese aber nicht. Ein Blick in den Spiegel und ich stellte fest, dass dies nicht ich war, die ich dort zu sehen bekam. Ich kaufte mir stattdessen ein paar Tücher. Damit fühlte ich mich definitiv wohler als mit Perücke. Schön musste ich ja nicht sein, das hatte ich auch nicht erwartet. An Körpergewicht abgenommen hatte ich bis dato nicht ein Gramm. Die Medikamente, die ich gegen die Nebenwirkungen der Chemo-Medikamente erhalten hatte, verbesserten meinen Allgemeinzustand ein bisschen. Im Klartext: Übergeben musste ich mich nie. Im Gegenteil, durch das viele Kortison gab es immer mal wieder echte Fressattacken. Trotzdem war ich schwach und sichtlich durch die Krankheit und deren Behandlung gezeichnet.

Ich musste eine Entscheidung treffen. Konnte ich mir eine Reise nach Wien zumuten? Würde ich mich damit überfordern? Ich wollte doch so gern sehen, ob das intensive Training Erfolge bringen würde, also entschied ich mich, tapfer zu sein. Ich dachte, vielleicht würde ein bisschen Trubel auch helfen, die Motivation für die nächsten Behandlungswochen aufzubringen.

Wir fuhren über Nacht. Ich konnte fast die ganze Tour schlafen. Da ist es doch vorteilhaft, wenn man ein großes Auto hat und einen Ehemann, der die gesamte Tour ohne Hilfe allein durchzieht. Es verlief alles unproblematisch. Den Veterenärcheck am nächsten Mittag bestand unsere Stute. Jetzt mussten wir noch einmal warten und Kräfte sammeln für die erste Prüfung, die am Abend stattfinden sollte.

Anni ritt die Aufgabe ganz passabel, ein bisschen eilig, ein bisschen wenig Spannung. In Summe eben nur passabel. Das reichte so nicht, zumindest nicht für eine Platzierung. Anni sollte am nächsten Tag eine Schippe drauftun. Wie oftmals schon bewundert, konnte sie diese Erwartungen erfüllen. Noch reichte es nicht für eine Platzierung, aber die 65 Prozent, diese magische Marke, hatte sie überschritten.

Wenn etwas so gut klappt und man sich einen Erfolg erarbeitet hat, dann muss man sich belohnen. Das taten wir auch und fuhren in die Großstadt. Als erstes machten wir eine Stadtrundfahrt, mal wieder. Ich kann ehrlich behaupten, dass Stadtrundfahrten eine gute Sache sind. Wer von uns würde in einer unbekannten Stadt all jene Sehenswürdigkeiten von alleine finden und dazu noch die Geschichte drum herum erfahren?

Und Wien hat von beidem, Sehenswürdigkeiten und Geschichte, ausreichend zu bieten. Im Anschluss erlebten wir einen Teil einer Oper mit. Verdis Nabucco wurde direkt aus der Oper per Public Viewing auf eine Leinwand auf dem Opernplatz übertragen. Beim anschließenden Abendessen aßen wir aber keine Wiener Schnitzel, die sind nämlich in Wien besonderes teuer. Völlig unspektakulär gingen wir chinesisches Essen mit guter Qualität. Es war rundum ein schöner Tag. Ich war gespannt auf den letzten Turniertag.

Wir fuhren noch einmal zum Stall und schmusten mit der Stute, die gerade in dieser Zeit unheimlich liebesbedürftig war. Nitana war schon ein echter Schatz, viel zu häufig vergisst man, dass das Reiten ohne den Partner Pferd und ohne echte Partnerschaft definitiv nicht funktionieren kann. Und die Stute gab am nächsten Morgen all ihre Dankbarkeit zurück. Den Rest gab Anni, und diesmal reichte es für einen dritten Platz. Anni hatte das Feld von hinten aufgerollt. Die Belohnung war eine ergreifende Siegerehrung mit wirklich ansprechenden Ehrenpreisen.

Rund um das Turnier gab es noch das eine oder andere Ereignis. So geschah es, dass tatsächlich genau auf diesem Turnier Tamme Hanken, der XXL-Ostfriese, zu Gast war. Allen ist zwar bewusst, dass es sich wirklich um einen großen Menschen handelte, aber jeder, der ihn nicht live gesehen hat, kann sich nicht vorstellen, wie groß er wirklich war. Ein weiteres spektakuläres »Highlight« war der Umstand, dass in der Nacht von Freitag zu Samstag auf der wie Fort Knox bewachten Anlage über dreißig Sättel von Aktiven gestohlen wurden. Der Gesamtschaden belief sich auf eine sechsstellige Summe. Wie das wohl abgelaufen ist?

Mir persönlich ging es nach diesen Tagen erstaunlicherweise gar nicht mal so schlecht. Am nächsten Morgen machten wir uns auf den Weg nach Hause. Ich schlief fast die ganze Rückfahrt und sammelte Kraft für die nächste Chemo.

Juni 2015

Zum zweiten Mal war das Gestüt Bonhomme in Werder der Gastgeber der deutschen Meisterschaften der Dressurreiter mit Handicap. Anni war mit ihrer Stute Nitana dabei und wir konnten uns wegen der enormen Konkurrenz im eigenen Land wiederum keine Hoffnung auf eine Meisterschaftsmedaille machen. Aus der Nachwuchswertung war Anni wegen ihres Alters rausgerutscht. Man musste also neue erfüllbare Ziele stecken. Wir nahmen uns vor, mit einer ansprechenden Leistung ein Achtungszeichen bei den Noten zu setzen. Anni und ihre Stute waren gut drauf und konnten tatsächlich bei den ersten beiden Prüfungen deutliche Akzente setzen. Dann passierte das Unvermeidliche.

Ich selbst war mittlerweile durch die anhaltende Chemotherapie so geschwächt, dass ich nicht in der Lage war, Anni die Aufgaben vorzulesen. Diese Aufgabe übernahm ihre Trainerin. Es kam, wie es kommen musste. Der Ablauf war gestört, etwas war anders als sonst. Solche Dinge bereiteten unserem Kind nach wie vor enorme Probleme. Anni wurde nervös und bog plötzlich falsch ab. Alle Rettungsversuche der Trainerin, um die Kür irgendwie doch noch erfolgreich zum Abschluss zu bringen, scheiterten. Am Ende fehlte ein Pflichtelement und damit rutschte Anni um einige Platzierungen nach hinten. Es kann nicht immer alles glatt laufen. Das wussten wir auch. Trotzdem dauert es immer eine Weile, um solche Misserfolge zu verarbeiten.

Ein Sieg, der nicht lange auf sich warten ließ, konnte über diese Phase hinweghelfen. Im Juli gewann Anni erstmals die Landesmeisterschaft am Landgestüt Redefin und damit auch den Landesmeisterschaftstitel. Eine Schleife, eine Medaille, eine Schärpe, eine Pferdedecke, das alles war Trost genug und gab Kraft für neue Aufgaben.

Im Oktober konnte Anni sogar ihre erste Platzierung in einer Dressur der Klasse L erreiten und das bereits beim dritten Anlauf.

Anni und ihre Stute waren definitiv ein tolles Paar. Wir machten uns große Hoffnungen für die nächste Saison. Aber bekanntlich kommt vieles anders, als man denkt. Hier auch.

August 2015

Wir kamen wieder einmal zu der Erkenntnis, dass wir unseren Pferdebestand anpassen mussten. Der braune Wallach und unsere eigen aus meiner Kira gezogene Jungstute erfüllten nicht die Voraussetzungen für den großen Dressursport. Da waren wir uns sicher. Für beide Pferde fanden wir jeweils das perfekte neue Zuhause. Die Stute kam in eine Familie, die ihre Pferde mit viel Liebe hüteten und pflegten. Ihrem Talent entsprechend sollte das junge Pferd schonend in den Sport geführt werden. Rascal fand ein Ehepaar mit Ambitionen im Freizeitreiten und ebenfalls Liebe und Achtung für diese zweifellos schönsten aller Vierbeiner.

Was wir nun brauchten, war ein junges, talentiertes Dressurpferd, am besten bis Klasse L ausgebildet, mit starken Nerven und Leistungsbereitschaft. Es sollte schön sein, turniererfahren, erfolgreich und natürlich bezahlbar. An dieser Stelle hätten wir endlos weiterträumen können. Wir mussten eben gründlich suchen und den einen oder anderen Abstrich machen.

Wir nutzten wieder das Internet nach der bewährten Methode. Das stellte sich doch recht schwierig dar. Alle bezahlbaren Angebote hatten einen »Pferdefuß«. Ein Pferd hatte tatsächlich etwas an den Hufen. Das nächste hatte ein Problem mit Insekten, war aber ansonsten in Ordnung, nur konnte man das Pferd von April bis Oktober nicht reiten. Ales andere als ideal für den Einsatz während der Turniersaison. Wieder andere Pferde hatten nur in der Fantasie ihrer Besitzer Erfolge. Diese waren jedenfalls nicht bei der Deutschen Reiterlichen Vereinigung eingetragen.

Es blieben wenige Pferde, die noch nicht durchs Raster gefallen waren. Letztendlich machten wir uns auf den Weg, um an einem Wochenende zwei Reitställe aufzusuchen. Wir nahmen eine gute Freundin und Pferdekennerin mit. Seit einigen Monaten nahm Anni bei ihr Dressurunterricht. Deshalb wussten wir ihren Pferdeverstand einzuschätzen und ihn auch wahrhaft zu schätzen.

Ich kann nur sagen, dass uns nichts Besseres als diese Beratung hätte passieren können. Gleich das erste Pferd war ein echter Kracher, hatte aber einen anatomischen Makel, den wir ohne sie nicht gesehen hätten. Der zweite Wallach auf unserer Tour war da schon etwas spezieller, definitiv mit viel Talent ausgestattet. Er war jedoch nicht konsequent ausgebildet worden. Das Ausbildungsalter lag deutlich unter dem Lebensalter dieses Pferdes. Auch das war ein preismindernder Fakt, den der Besitzer leider nicht einsehen wollte, sondern löste bei ihm tatsächlich einen cholerischen Anfall aus. Insofern konnten wir das Wochenende nicht erfolgreich beenden. Wir fuhren etwas resigniert und auf den Boden der Tatsachen zurückgeholt nach Hause.

Unsere Suche zog sich hin. Irgendwann machten wir den entscheidenden Abstrich. Wir suchten jetzt ein jüngeres Pferd mit weniger Turniererfahrung und weniger Erfolgen. Schnell wurden wir fündig. Quasi fast um die Ecke, also weniger als 100 Kilometer entfernt, gab es einen fünfjährigen Wallach aus einem kleineren Zuchtbetrieb. Für meine Verhältnisse war der Braune etwas sehr ängstlich, aber unsere Trainerin war von ihm begeistert. Sie selbst ritt ihn Probe und sagte dann: »Wenn ihr dieses Pferd kaufen wollt, werde ich euch nicht abraten.«

Da war er, unser Rusty S. Ein großer dunkelbrauner Wallach mit sehr guter Dressurabstammung. Wir holten ihn auf unseren Reiterhof und gaben ihm ausreichend Zeit für die Eingewöhnung. Alles lief nach Plan, mal abgesehen davon, dass unser »Kleiner« zeigen wollte, dass er auch Kraft hatte. Zwei Monate kämpften wir um seinen Gehorsam, dann hatten wir gewonnen. Jetzt lag ein längerer Weg in Sachen Ausbildung vor uns.

Meine Behandlungen waren abgeschlossen. Meine Haare waren wieder da, voller und welliger als vorher. Der Allgemeinzustand konnte als »okay« eingeschätzt werden. Bis auf kleinere bleibende Schäden, wie Polyneuropathie und Gelenk- und Muskelschmerzen, sollte ich meine Krankheit überwunden haben. Auch wenn ich keine Gewissheit haben konnte, so blieb doch wieder etwas mehr Raum für Hoffnung, und mit der Hoffnung gab es wieder Zukunftspläne.

Nach einer erfolgreichen Vorstellung ihrer Stute Nitana auf einem Turnier im Rahmen der Hippologica, Berlins großer Pferdemesse, sollte Anni im Januar in den Niederlanden starten. Wir machten uns auf den Weg in das Zwartewaterland, Hollands Grachtenlandschaft.

Die Turnierbedingungen am Veranstaltungsort waren ideal. Das Stallzelt war nur ganze zwanzig Meter von der Turnierhalle entfernt. Die Wege waren alle kurz. Anni zeigte wieder solide Leistungen auf hohem Niveau, war aber nicht in Angriffsstimmung. Die Ritte liefen unter dem Motto »in Schönheit sterben«, und das reichte nicht für die Platzierungen ganz vorn. Dieses, nennen wir es Sicherheitsreiten war schon vor längerer Zeit ein Problem bei Anni geworden und kostete sie definitiv das eine oder andere gute Ergebnis. Am Ende erritt sie einen vierten und zwei fünfte Plätze. Da Anni für das deutsche Team in der Mannschaftswertung reiten durfte, gab es hier nochmal einen vierten Platz. Unzufrieden waren wir trotzdem nicht.

Etwas anderes hingegen sorgte auf dieser Reise für Aufregung. Unsere Unterkunft war schon deshalb abenteuerlich, weil wir sie nicht fanden. Ausgerechnet die Kollegen einer Polizeistreife waren die Freunde und Helfer, die uns zur vermeintlichen Adresse führten. Wir bedankten uns herzlich, aber dann begann die Suche erst richtig. Offensichtlich befand sich unser B&B tatsächlich mitten in den Grachten. Über einige Brücken hin und über andere zurück fanden wir dann die entsprechende Hausnummer. Was dann aber kam, hätte gut in einen Horrorfilm gepasst.

Der Besitzer öffnete uns, und der gefiel mir ganz und gar nicht. Ich kann gar nicht sagen, woran ich es ausmachte, aber er war mir unheimlich. Dann zeigte er uns unsere gebuchte Übernachtungsgelegenheit. Es handelte sich um eine Galerie mit offenem Dachboden. Dorthinauf führte eine Treppe. Wir folgten unserem Vermieter. Der ganzen Situation fehlte wirklich nur noch die passende, unheimliche Musik, und der Moment wäre vollkommen gänsehautreif gewesen.

Auf diesem Dachboden gab es Schlafbuchten, die in die Schrägen eingebaut waren. Eine Buchte neben der anderen. Die Deckenhöhe betrug maximal 40 bis 50 Zentimeter. In Holland soll diese Form der Schlafplätze traditionell aus Platzmangel entstanden sein. Für mich und für meine Familie sah es einfach nur nach Gruft aus. Mir stellen sich heute noch die Nackenhaare auf, wenn ich daran denke.

Unser erster Gedanke war: »Bloß weg hier!« Dafür hatten wir aber nicht den Mumm. Wir hätten unsere Abreise entweder erklären müssen, was uns sichtlich schwer gefallen wäre, oder wir hätten die Zeche prellen müssen. Beides trauten wir uns nicht. Also ertrugen wir unsere Schlafgruften bis zum Ende des Turniers und konnten wie durch ein Wunder unversehrt wieder abreisen.

Frühjahr 2016

Bundeskaderlehrgang in Frechen bei Köln, Hallenlandesmeister in Redefin und endlich einmal das große internationale Turnier in Mannheim: So waren die Fakten, so waren unsere Pläne.

Schon 2012 hatten wir Mannheim angepeilt, aber wegen Rascals Lahmheit absagen müssen. Und Mannheim sollte uns weiterhin kein Glück bringen. Nitana verletzte sich beim Abreiten und lief die Prüfung taktunrein. Dafür gab es natürlich auch keine guten Noten. Es sollte aber noch schlimmer kommen. Am nächsten Tag war unsere liebe Stute stocklahm und konnte gar nicht an den Start gehen. Die Enttäuschung war schon sehr groß und wir waren zusätzlich verständlicherweise stinksauer, schließlich liegt Mannheim nicht um die Ecke und das ganze Turnier kostete auch ein Haufen Geld. Wenn ich zu diesem Zeitpunkt gewusst hätte, was die ganze Sache in ihrer Konsequenz noch mit sich bringen sollte, wäre ich wohl aus dem Fenster gesprungen. (Natürlich nur aus dem ersten Stock!)

Nach Hause zurückgekehrt, ließen wir unseren Tierarzt ein Auge darauf werfen. Traumatische Sehnenentzündung war die Diagnose. Mindestens sechs Wochen Ruhe hieß das. Die Saison lag vor uns und war im Grunde genommen schon vorbei. Wir besaßen ja noch ein anderes Pferd, was zwar erst sechs Jahre alt war und auch noch nicht umfassend ausgebildet war. Dennoch hoffte ich, dass man daraus noch etwas Brauchbares machen konnte. So auf die Schnelle. Was soll's, Anni wurde ins kalte Wasser geworfen und musste sich durchkämpfen.

Einen um den anderen Tag hinterfragte ich aber, ob das alles sinnvoll ist und ob Pferd und Reiter nicht überfordert sind. Man konnte dazu durchaus geteilter Meinung sein. Wir hatten genug Kritiker um uns herum, die uns das auch geradezu ins Gesicht sagten. Am Ende gab uns aber das Ergebnis Recht.

Nach nur drei Wochen intensivem Training fuhren wir also mit unserem Rusty zum Kaderlehrgang nach Warendorf und hofften, vom Bundestrainer die Starterlaubnis für die deutschen Meisterschaften, die zwei Wochen später stattfinden sollte, zu erhalten. Nach nur fünf Minuten Training war die Erlaubnis zur Teilnahme an der Meisterschaft erteilt. Pferd und Reiterin hatten ausreichend Eindruck hinterlassen. Der Bundestrainer war begeistert.

Auch auf Gestüt Bonhomme, das nunmehr zu dritten Mal Veranstalter dieses Turniers war, hielt die neue sportliche Verbindung, was sie versprochen hatte. Alle Prüfungen wurden über 65 Prozent gewertet, die Musikkür sogar über 68 Prozent. Wir waren verdammt stolz auf unser junges Pferd. Hatten wir jetzt wirklich schon einen adäquaten Ersatz für unsere tolle Stute? Einen Ersatz, den wir auch wirklich brauchten. Wir mussten uns leider diese Gedanken machen, denn unsere Nitana sollte nicht mehr in den Sport zurückkommen. Sie hatte ihre Sehnenentzündung im wahrsten Sinne des Wortes ausgestanden, aber durch das Stehen einen enormen Schub an Arthritis bekommen. Sie war jetzt lahmer als vorher ohne Aussicht auf Genesung.

Es gibt viele schlimme Dinge im Leben eines Pferdebesitzers und diese Konstellation gehört in jedem Fall dazu. Ein Pferd zu verkaufen, ist schwer genug, aber ein Pferd zu verkaufen, was nur noch eingeschränkt reitbar ist, ist im Grunde genommen unmöglich. Dann bleiben einem noch genau zwei Möglichkeiten. Entweder man bleibt für die nächsten Jahre auf den enormen Kosten für das »Gnadenbrot« sitzen, oder man kann sich dazu durchringen, das Tier einschläfern zu lassen. Die dritte Möglichkeit, das Pferd dem Schlachter zu überlassen, erwähne ich nur vollständigkeitshalber, denn das kam für uns ohne Wenn und Aber überhaupt nicht in Betracht. Um die anderen Möglichkeiten umgehen zu können, mussten wir wieder auf ein Wunder hoffen.

Manchmal bekommt man eines, wenn man es braucht. So war es auch in diesem Fall. Eine Bekannte unserer Trainerin suchte eine bezahlbare Zuchtstute. Unsere Nitana hatte bereits mehrere Fohlen gehabt. Eines davon war für sehr viel Geld nach Mexico verkauft worden. Das war die Chance. Für kleines Geld und einen Schutzvertrag wechselte unsere Stute ihr Zuhause. Was Besseres hätte ihr nicht passieren können. Die neue Besitzerin hatte ein großes Herz für Pferde und einen Platz für die Stute bis an ihr Lebensende.

Juli 2016

Unfassbar! Ich bekam eine Ladung zum Sozialgericht, endlich nach vier langen Jahren. Die Sache rund um den Fahrdienst für meine Tochter sollte verhandelt werden. Natürlich mussten sowohl meine Anwältin als auch ich noch einmal tief in die Akten schauen. So viel Zeit war vergangen. Was waren unsere Argumente, was behauptete die Gegenseite? Nach so langer Zeit hatte ich die Leidenschaft für diesen wichtigen Kampf verloren. Halbherzig erwartete ich den Verhandlungstag. Dann war er da.

Negativ war Folgendes: Auch dieses Gericht sah es als unerheblich an, ob öffentliche Verkehrsmittel zur Verfügung standen. Auch sie teilten die Auffassung, dass es einzig und allein darauf ankommt, ob Annemarie aufgrund ihrer Behinderung öffentliche Verkehrsmittel benutzen kann. Für mich ist immer noch unfassbar, dass die Rechtlage so eine nach meiner Meinung schwachsinnige Auslegung zulässt.

Positiv war: Das Gericht war der Ansicht, dass Annemarie wegen der geschilderten Einschränkungen eben nicht in der Lage ist, öffentliche Verkehrsmittel zu benutzen, wenn es denn welche gäbe. Da nur ein einziges medizinisches Gutachten vorlag, und zwar das der Beklagten, also der Bundesagentur für Arbeit, wollte man unabhängige Gutachten eines Orthopäden und einer Psychiaterin einholen.

Man kann sich sicherlich vorstellen, wie zeitnah das alles geschehen musste. Ich persönlich rechnete bis zum nächsten Verhandlungstag mit mindestens einem halben Jahr. Und ich war definitiv zu optimistisch. Egal! Was so lange gedauert hat, konnte getrost noch weiter dauern.

Herbst 2016

Im Oktober war Anni dann bei der Psychiaterin und im Dezember beim Orthopäden. Beide ließen durchblicken, dass sie die

Auffassung der Gutachterin der Bundesagentur für Arbeit keinesfalls teilen. Vielleicht hatte ich auch nur die »Hoffnungsbrille« auf. In jedem Fall versprachen beide, ihre Gutachten schnellstens fertigzustellen.

Und wieder einmal brauchten wir ein Pferd. Anni hatte einen wunderbaren Wallach, ohne Frage, aber im Spitzensport kann man nicht nur auf ein Pferd setzen. Wir suchten wieder nach der bewährten Methode und machten die gleichen eigenartigen Erfahrungen. Unsere Trainerin begleitete uns wieder auf den Besichtigungstouren und wieder einmal rettete sie uns vor großen Fehlentscheidungen.

Mit ihrer Hilfe fanden wir ein wahres Goldstück. Der Wallach war sieben Jahre alt, hatte A-Dressuren gewonnen und war in der L-Dressur platziert. Er war ein Brauner mit unglaublichem Bewegungspotential, ein bisschen ängstlich, dafür total lieb. Bis heute habe ich noch keine Unarten feststellen können. So ein Pferd kann in jedem Fall ein Champion werden. So ein Pferd muss man aber auch erst einmal reiten können. Hier wussten wir, dass wir etwas mehr Zeit brauchen würden. Wir nahmen »Dino«, so war sein Spitzname, mit nach Hause.

Rusty hatte sich mittlerweile immer besser entwickelt. Anni war gleich bei ihrer ersten A-Dressur platziert und im Dezember schafften beide zusammen ein Meisterstück. Gegen nicht zu verachtende Konkurrenz gewann Annemarie mit Rusty die Hippologica Masterswertung. Mit dem zu diesem Zeitpunkt noch sechsjährigen Pferd hatte sie einen großartigen Moment in einer besonderen Siegerehrung. Was für ein wunderschönes Bild! Ausgestattet mit Schärpe, Decke und Blumen entstanden ein paar tolle Fotos für einige Pferdezeitschriften.

Im März gewannen die beiden die Hallenlandesmeisterschaften, und zwei internationale Turniere standen auf dem Plan. Sowohl im belgischen Waregem als auch in Mannheim konnte Anni solide bis sehr gute Ergebnisse erreiten. Dieses Reiter-Pferd-Paar hat definitiv eine aussichtsreiche Zukunft vor sich. Auch mit

Dino kommt Anni immer besser zurecht. Ich sehe eine deutliche Perspektive für die nächsten Jahre. Rein pferdetechnisch hatten und haben wir nahezu ein Optimum erreicht. Jetzt musste nur noch die andere Geschichte erfolgreich zum Ende kommen.

April 2017

Das Sozialgericht hatte zum zweiten und letzten Mal geladen. Egal mit welchem Ergebnis, an diesem Tag sollte der Kampf enden. Mir ging es hundeelend. Gruselige Erreger hatte ich mir eingefangen und machten mich sehr krank. Aber ich musste doch anwesend sein! Dafür hatte ich fünf Jahre lang gekämpft. Ich schleppte mich zum Termin.

Die Gutachten waren eindeutig. Beide Experten hatten sich dafür ausgesprochen, dass Anni keine öffentlichen Verkehrsmittel benutzen kann. Damit erfüllte sie alle Anspruchsvoraussetzungen für die Härtefallregelung nach der KfzHV. So wurde am Ende des Sitzungstages auch das Urteil gesprochen.

Nach feiern war mir nicht zumute. Ich hatte zwar gewonnen. Aber welchen Preis musste ich dafür zahlen? Immer am Rande eines Burnouts hat mich auch noch eine schwere Krankheit erwischt. Natürlich ist es müßig, darüber zu grübeln, ob der steinige Weg und die vielen Mühen wirklich daran schuld waren. Eines steht jedoch fest: Gesundheitsfördernd waren die letzten Jahre nicht!

Aber all die Jahre mit unserer Anni waren auch erfüllt von Glück und Zufriedenheit angesichts der wundersamen Entwicklung, die unser »ewiger Pflegefall« genommen hat.

Ende (vorläufig)

Epilog

An welchem Punkt stehen wir heute? Annemarie ist zwar erwachsen, aber sie und ihre Probleme bleiben uns erhalten. Immer häufiger stelle ich mir die Frage, wie es weitergehen wird, wenn ich nicht mehr für die Belange meines Kindes eintreten kann.

Ich bin wirklich ein starker Charakter, und doch war es oft schwierig, all die vielen kleinen und großen Kriege zu führen und zu gewinnen. Natürlich hoffe ich, dass der Sozialstaat, in dem wir leben, sich in seiner Politik auch irgendwann auf soziale Inhalte besinnt, dass die Menschen, die heute und in der Zukunft Gesetze umsetzen und auslegen, ihre menschliche Seite wieder zeigen können und dürfen. Ich hoffe, dass der Druck auf die handelnden Personen nachlässt, und es wieder erlaubt ist, zum Wohle der Menschen und besonders zum Wohle der sozial Schwachen zu entscheiden. Ich hoffe, dass künftige Generationen sich nicht mehr krank kämpfen müssen, um (scheinbar) Selbstverständliches zu erreichen.

In diesem Sinne kann ich nur an alle appellieren. Wehrt euch, nehmt nichts einfach nur hin. Kämpft für die Menschen und deren Würde!